Elisabeth Ippen

Hanne -
eine Rheinländerin im Chiemgau

Elisabeth Ippen, geboren 1951, studierte Pädagogik für Sonderschulen, lebte dreißig Jahre in Bonn, zunächst als Mutter und Hausfrau, schrieb nebenher Jugendbücher und hielt an unterschiedlichen Bildungseinrichtungen Vorträge über Erziehung. Seit 2011 lebt sie als Autorin im Chiemgau.

Seither erschienen:

Ganz unverblümt. Sprüche und Aphorismen 2011
Zum Glück in Prien. Ein Neubeginn 2013
Der Weg ist das Ziel. Unterwegs in Süddeutschland 2014
elisabeth.ippen@web.de

Elisabeth Ippen

Hanne -
eine Rheinländerin im Chiemgau

Sollten einige der bairischen Worte nicht lautgetreu wiedergegeben worden sein, so liegt es daran, dass auch die Autorin eine „Zuagroasde" ist.

Inhalt

Vorwort

Mehr als fünfzig Jahre hatte Hanne im Rheinland gelebt. Sie war in Köln aufgewachsen, hatte in Köln gearbeitet, geheiratet und zwei Kinder großgezogen. Meist war sie mit ihrem Leben dort sehr zufrieden gewesen. Bis, ja, bis die Söhne zum Studieren in die Welt hinauszogen und ihren Mann urplötzlich die Mittlebenskrise überfiel. Er verschwieg es ihr nicht, auch nicht die wechselnden Liebschaften, in denen er noch einmal ein ganzer Mann sein konnte. An der eigenen Frau hatte er kein Interesse mehr. Sie kannte ihn schon zu gut.

Für Hanne brach eine Welt zusammen. Die Familie hatte ihr Sinn und Halt gegeben. Treusorgend hatte sie sich um alle und alles gekümmert. Mit einem Mal gab es nichts mehr zu sorgen und zu kümmern. Als Frau nicht mehr geschätzt, als Mutter nicht mehr gebraucht. Da machte das Leben keinen Sinn mehr.

Ihr Mann zog aus und sie zog sich zurück, ging bald kaum noch aus dem Haus. Als sich dann bei ihr ein massiver Bluthochdruck entwickelte, begannen die Freundinnen, sich um sie zu sorgen. „Hol dir Hilfe", sagten sie immer wieder. Es dauerte jedoch, bis Hanne sich dazu aufraffen konnte und sich Rat holte. Eine Kur in einer psychosomatischen Klinik wurde ihr empfohlen und schließlich stimmte sie zu. Ein paar Wochen weg aus der Stadt, in der sie an jeder zweiten Ecke von Erinnerungen überfallen wurde.

Einmal wieder ganz was anderes sehen und ganz neue Eindrücke sammeln.

Die Kur brachte tatsächlich die Wende. Leise wurde erneut Lebenslust spürbar. Wurde nach und nach stärker. Wurde so stark, dass sie wieder mehr aus dem Haus ging, sogar Ausflüge unternahm, erst mit Freundinnen, dann auch allein. Wurde schließlich so mächtig, dass in ihr eine Idee auftauchte, die immer lockender wurde, bis sie ihr nachgab.

Wegziehen. Für immer. Es sich richtig gut gehen lassen. Nicht mehr nur im Urlaub wollte sie eine schöne Umgebung haben. Nein, immer. Wo hatte sie sich bei den Familienurlauben am wohlsten gefühlt? Im Voralpenland. In Bayern.

Alle Warnungen bezüglich der sturen, holzköpfigen Bewohner dieses Landes in den Wind schlagend, zog sie in den Chiemgau. Mitten hinein in ein Dorf. In der Stadt hatte sie lange genug gelebt. Ob sie hier nun, wie mehrfach prophezeit, kaum ein Wort würde verstehen können, würde sich zeigen. Ob man sie als Rheinländerin akzeptieren würde, auch.

Dass in Bayern die Uhren angeblich anders gingen als im übrigen Deutschland störte sie nicht. Ihre ging auch nicht immer richtig.

Im Café

Hanne schaute aus dem Fenster. Grau. Graugrün. Graubraun. Und das sollte jetzt der bayerische Winter sein? Den hatte sie sich anders vorgestellt. Leise rieselnde Schneeflocken, ein verschneites Dorf, lustvolles Stapfen in tiefem Schnee, in der Sonne glitzernde weiße Hügel und Berge.

Nichts von alledem. Dabei neigte sich der Januar bereits dem Ende zu. Aber nun ja, sie war ja nicht wegen des Schnees in den Chiemgau gezogen, sondern wegen der Berge. Doch auch von denen war weit und breit nichts zu sehen, seit Tagen schon hatten sie sich in undurchdringlichen Nebel gehüllt und taten so, als seien sie gar nicht da.

Keine Berge und kein Schnee. Ärgerlich. Sehr, sehr ärgerlich. Immerhin hatte der fehlende Schnee aber auch eine gute Seite, ermöglichte er es ihr doch, weiterhin mit dem Fahrrad die neue Umgebung zu erforschen, und genau das tat sie jetzt wieder einmal. Ohne besonderes Ziel fuhr sie hügelauf und hügelab und konnte dabei zu ihrer Freude beobachten, wie die Berge sich, langsam zwar, aber unaufhörlich, ihrer Tarnanzüge wieder entledigten, wie sich das graue Gewölk über ihr lichtete, immer dünner wurde und nach und nach einem geradezu himmlischen Blau Platz machte.

Schließlich musste sie anhalten und in die Weite schauen. Dieser Himmel! Diese Berge! Majestätisch wirkten sie. Strahlten Ruhe aus. Ein paar dünne

Schneefelder an den Hängen wiesen hin auf die Jahreszeit und da konnte sie ihn doch auch ein wenig genießen, diesen nur so halbherzig auftretenden Winter.

Nein, Schnee hatte er den unteren Lagen noch keinen gebracht, Kältegefühle bescherte er aber durchaus bei längeren Aufenthalten im Freien. Ein Kaffee würde jetzt gut tun. Siehe da, fast schon wie bestellt tauchte wahrhaftig ein kleines Café auf.

Hanne stellte ihr Rad ab und betrat einen gut gefüllten Raum, in dem so richtig was los war. An mehreren zusammengeschobenen Tischen saß ein Trupp Frauen mittleren Alters, an den Einzeltischen saßen in der Hauptsache ältere Männer und lasen die Tageszeitung. Und etliche von ihnen, das konnte ja wohl nicht wahr sein, es war gerade erst 10.00 Uhr, hatten Bier vor sich auf dem Tisch stehen. Keine kleinen Gläser, nein, so richtig große Humpen. Hannes Magen zog sich krampfhaft zusammen. Keine Sorge, so etwas würde sie ihm in dieser Jahreszeit nicht zumuten. Und ganz bestimmt nicht um diese Uhrzeit.

Sie bestellte direkt an der Theke einen Latte macchiato und nahm Platz am letzten freien Tisch. Es dauerte nicht lange, da kam eine junge Bedienung mit fragendem Blick an ihren Tisch. „Cappuccino?"

Der konnte nicht für sie sein. Hanne wies zum Nebentisch hinüber. Vielleicht da?

Nein, war sich die Bedienung mit einem Mal ganz sicher. Der war für sie.

„Aber ich hatte einen Latte macchiato bestellt."

„Oh, da ist Ihr Auftrag wohl falsch weitergegeben worden." Standhaft blieb die junge Dame mit der Tasse in der Hand neben ihr stehen.

„Na gut", sagte Hanne, „da nehme ich ihn eben. Obwohl mir der Cappuccino oft zu stark ist."

Die Bedienung sah erleichtert aus, stellte ihr die Tasse hin, neigte sich dann plötzlich zu ihrem Ohr hinab und flüsterte: „Ist sowieso dasselbe, nur, dass der Latte macchiato im Glas serviert wird". Mit einem verschwörerischen Lächeln auf den Lippen schwebte sie davon.

Was? Latte macchiato und Cappuccino, alles eins? Sollte sie jetzt lachen oder weinen? Hanne entschloss sich, zu lachen. Ein wenig verwundert war sie ja schon. Hatte das ernsthaft noch keiner der sich häufiger in diesem Café aufhaltenden Gäste bemerkt? Oder wirkte hier der aus der Medizin bereits hinlänglich bekannte Placebo-Effekt und sie schmeckten alle genau das, wovon sie dachten, dass sie es gerade tranken?

Vom Frauenstammtisch drang Gelächter zu ihr her. Immer neue Salven brandeten auf. Hanne spitzte die Ohren, doch leider wurde ausschließlich bairisch gesprochen. Oder? Die größten Lachsalven erzielten jetzt hochdeutsche Worte, angereichert allerdings mit englischem Vokabular. „Frauenpower" schallte

13

es zu ihr herüber. Und dann „Powerfrauen". Und jetzt schütteten sie sich drüben aus über das Wort „Turbofrauen".

War da eine Verschwörung im Gange? Gegen die Männer gar? In ihrer alten Heimat sagte man den bayerischen Männern eine gewisse Dominanz nach.

Am Stammtisch wurde es wieder leiser und einzelnen, ihr etwas verständlicheren Bruchstücken konnte Hanne entnehmen, dass der Stammtisch noch gar keiner war, sondern gerade erst gegründet wurde. Oder gegründet worden war. Die ersten Frauen brachen bereits auf. „Pfüati" oder „Pfüeti" oder so riefen sie den Zurückbleibenden zu.

So sehr sie sich auch bemühte, Hanne konnte es einfach nicht verstehen. Pfüwas? Und was hieß das? Sie hatte das Wort nun schon mehrfach gehört, konnte in dieser Silbenkombination jedoch keinerlei Sinn erkennen.

Auch Hanne brach wieder auf. Sie zahlte und verließ das Café. „Pfüati" rief ihr die freundliche Bedienung hinterher. Oder hieß es nicht doch „Pfüeti"?

Hanne trat den Rückweg an und traf vor der Haustür eine Nachbarin, mit der sie sich bereits einige Male unterhalten hatte.

„Na, wo waren Sie denn heute?", wurde sie gefragt und da erzählte sie von ihrer Kaffeeüberraschung im Café.

Die Nachbarin schaute erstaunt drein. „Was, die auch?" rief sie aus und erzählte von einem anderen

Café, in dem ihr statt ihres Latte macchiato ein Cappuccino berechnet worden war. Auch sie hatte erfahren, dass man ein und demselben Kaffee nur jeweils einen anderen Namen gab. Sie fand das gar nicht so lustig wie Hanne, die erneut lachen musste. Sie machten es sich einfach ein wenig einfacher als andere. Die Bayern. Diese Bayern jedenfalls.

Eingeladen

Hanne war unter die Männer gefallen. Buchstäblich. Beschwingt vom Anblick einer zwar immer noch nicht weiß verschneiten, aber heute immerhin weiß bereiften Welt, schier überwältigt vom Anblick der Bäume und Sträucher mit ihren so zart und filigran in den blauen Himmel strebenden Zweigen, und nahezu geblendet von der in der Morgensonne funkelnden kristallenen Decke auf der Obstwiese nebenan, war sie zur Bäckerei geeilt, um sich zur Feier dieses wundervollen Tages ein paar Brötchen zu kaufen. Und da war es geschehen. Zack, war sie ausgerutscht auf dem über Nacht gefrorenen Rinnsal aus einem Regenrohr.

Der Sturz war unaufhaltsam gewesen, hatte erst geendet zu Füßen einer Gruppe Herumstehender, allesamt männlichen Geschlechts, und alle sofort um sie bemüht. Man(n) hatte ihr aufgeholfen und sich besorgt erkundigt, ob sie sich wehgetan hätte. Nein, hatte sie nicht. Dass das Steißbein sich schmerzlich bemerkbar machte, hatte sie lieber verschwiegen.

Einer der Herren war ganz besonders besorgt gewesen und hatte es sich nicht nehmen lassen, sie nach Hause zu begleiten, hatte sie auf den erlittenen Schrecken hin für den Nachmittag zum Kaffee eingeladen und danach gleich auch noch zu einem Abendessen am nächsten Wochenende, um sich, wie er sagte, persönlich davon zu überzeugen, ob der Sturz nicht doch noch Spätfolgen zeigen würde. Außerdem wollte er ihr, der frisch Zugezogenen, die gute bayerische Küche etwas näher bringen.

Von der wusste sie nur: viel Fleisch, bevorzugt Schweinshaxen, Würste, Innereien, Sülze. „Ich bin Vegetarierin", war es ihr spontan entfahren. Sie war sofort beruhigt worden. Bayerische Knödel seien ausgesprochen lecker. Und die Mehlspeisen erst. Aber natürlich gebe es auch Gemüse und Salat. Da hatte sie zugesagt, zumal dieser Mann wirklich nett zu sein schien, bestes Hochdeutsch sprach, auch ganz normal aussah. Keine Lederhose oder so. Ob er auch ein Zugezogener war?

„Wie geht`s?", fragte er fürsorglich, als er sie am Sonntagabend abholte.

„Gut", sagte sie, und wäre da nicht der beharrliche Schmerz an einer längst grün-rot-blau verfärbten intimen Stelle gewesen, hätte es sogar gestimmt. Mit äußerster Vorsicht nahm sie Platz am Gasthaustisch. Dann blickte sie sich um. Gemütlich. Holztische und

Holzstühle, ein langer Stammtisch in der Ecke, und an den Wänden Ölgemälde, Landschaften und Portraits ernst dreinschauender bayerischer Damen und Herren in Tracht.

Die Gaststätte war gut besucht, ihr Begleiter hatte sicherheitshalber einen Tisch reservieren lassen. Die Speisekarte kam, bot wie erwartet reichlich Deftiges, ihr Bekanntes wie die Hax`n, die Leberknödel und den Leberkäs, aber auch Unbekanntes.

„Lüngerl?", las sie fragend vor. „Lunge?" Er nickte. „Und Fleischpflanzerl? Tofu?"

„Tofu?"

„Na, verarbeitete Sojabohnen, gern als Fleischersatz angepriesen."

Da lachte er. Aber nein, es handelte sich um ganz gewöhnliche Frikadellen, andernorts auch Bouletten genannt.

Dass Maultaschen weder Taschen in den Mäulern irgendwelcher Tiere noch eine bayerische, sondern eine schwäbische Spezialität waren, wusste Hanne sogar und wählte also ihr Bekanntes. Gefüllt mit viel Spinat und übergossen mit einer Pilz-Rahmsoße erwiesen sie sich als ausgesprochen lecker.

Hanne genoss die Gasthausatmosphäre, auch, wieder einmal ausgeführt zu werden, hatte bald sogar den verschwiegenen Schmerz in der peinlichen Region vergessen, denn der Abend gestaltete sich überaus angenehm, die Unterhaltung floss nur so dahin, sie verstanden sich bestens, konnten dann aber leider immer öfter nicht mehr verstehen, was sie sich zu sagen hatten, denn die gesellige Runde am Nebentisch wurde mit jeder Runde Bier lauter. Besonders einer der Männer regte sich immer mehr auf. Verstehen konnte sie nur ein Wort. „Saupreis".

Dem Ton nach zu urteilen schien der Preis für Schweine gerade nicht besonders günstig zu sein. „Saupreis", klang es wieder zu ihr herüber und fragend schaute sie ihren Tischnachbarn an.

Peter, sie waren nach dem Prosecco zum „Du" übergegangen, schaute verlegen drein. „Saupreuß" sprach er das Wort dann auch für sie verständlich aus und erläuterte, dass viele Bayern, er natürlich nicht, alle Menschen nördlich ihrer Landesgrenzen als Preußen bezeichneten. Diese ausgeprägte, von Generation zu Generation vererbte Abneigung stamme noch aus dem 19. Jahrhundert, als die Preußen nach ihrem Sieg über Österreich und Bayern zur bestimmenden Macht in Deutschland aufgestiegen waren und den Bayern viele äußerst unbeliebte Maßnahmen aufgezwungen hatten.

Nun ja, das war sogar zu verstehen. Aber es kamen doch längst nicht alle Menschen außerhalb Bayerns aus ehemals preußischen Landen. Sie zum Beispiel kam doch aus dem Rheinland. Und das hatte vor zweihundert Jahren ein ähnliches Schicksal erlitten wie die Bayern.

„Ach", sagte Peter, „da wird meist nicht so genau unterschieden".

Hanne lächelte still in sich hinein. Bayern schienen eine besondere Vorliebe für Eintöpfe zu haben und so wie in manchen Cafés einfach unterschiedliche Kaffeesorten *aus* einem Topf genommen wurden, warfen manche Bayern einfach alle Nordländer *in* einen Topf. Wieder was gelernt.

„Kommst du aus dem Chiemgau?", wollte sie von Peter wissen.

Halb und halb. Ein Großelternpaar war von hier, das andere kam aus Niederbayern, seine Eltern lebten in München, wo er auch aufgewachsen war. Doch hatte ihn der Chiemgau schon früh derart in seinen Bann gezogen, dass er schließlich sogar hergezogen war, nun aber leider täglich zur Arbeit nach Rosenheim pendeln musste. Was gar nicht so ohne war zu Berufsverkehrszeiten.

Peter seufzte, sagte dann, er müsse am nächsten Morgen früh aufstehen, habe in den kommenden Wochen auch sehr viel zu tun, und läutete mit diesen Worten das Ende des Abends ein.

Ein echter Bayer war er also. Ein echt netter. „Auf Wiederschaun", übte sich Hanne im bayerischen Abschiedsvokabular, nachdem er sie, immer noch ganz der Kavalier, bis vor die Haustür gebracht hatte.

„Tschau, Servus", sagte der nette Bayer. Aber nichts von „Auf Wiederschaun". Schade. Sehr schade.

Doch da drehte er sich noch einmal um und schickte ihr ein „Pfüati" hinterher. Oder ein „Pfüeti"? Was

19

hieß das nur? Vielleicht so etwas Ähnliches wie „Bis bald"?

Schnee

Hanne stand am Fenster und drückte sich wie als Kind die Nase an der Scheibe platt. Wunderbar. Es hatte endlich geschneit. Und schneite immer noch. In dicken Flocken kam es weiß von oben herunter, legte sich leise, leise auf Wiese, Bäume und Dächer ringsum und verwandelte die Umgebung ins so lang ersehnte Märchenland. Berge gab es wieder einmal keine mehr, dafür aber Schnee.

Raus aus den Pantoffeln. Rein in die Schuhe. Und dann nichts wie raus aus dem Dorf und rein in die Landschaft. Dass Bürgersteige und Straßen längst geräumt waren und ihr übliches Dunkelgrauschwarz zeigten, konnte Hannes romantischen Gefühlen keinen Abbruch tun. Verzaubert schaute sie immer wieder hoch ins wirbelnde Weiß. Große Flocken, kleine Flocken. Sie streckte die Zunge raus und fing einige auf. Sie schmeckten noch genauso wie in der Kindheit. Nass. Ob sich schon Schneebälle formen ließen? Patsch! Da klebte ein erster am Baumstamm. Patsch! Ein zweiter. Ob sie mit dem dritten genau auf den ersten treffen konnte? Patsch! Gewonnen!

Verflixt. Sie hatte für dieses Vergnügen leider die falschen Handschuhe an. Wolle! Hatte sie überhaupt andere? Jedenfalls waren die hier inzwischen völlig durchnässt und ihre Finger eiskalt. Da half nur noch der Gang zurück ins Dorf. Da Teekochen mit gefühllosen Fingern aber vermutlich nicht so einfach sein würde, ging sie lieber gleich in ihr Stammcafé in der Bäckerei gleich um die Ecke. Frau Chefin hatte Pause, Herr Chef bediente persönlich.

„Endlich Schnee", strahlte Hanne ihn an.

„Naa, das wird heuer aber trotzdem nichts Rechtes mehr", dämpfte der Bäcker ihre Euphorie. „Und überhaupt hat sich der Schnee in den letzten Jahren sehr rar gemacht. Aber vor sechs Jahren, mei, da lag Schnee von Mitte November bis Mitte April und jeden zweiten Tag hat`s neu losgeschneit. Das war ein Winter!"

„Ja, das war einer", pflichtete ihm der alte Mann am Fenstertisch bei. „Früher gab es wirklich noch echte Winter", fügte er hinzu und begann zu erzählen von den strengen Wintern in seiner Jugend, als die Temperaturen manchmal bis unter die 30-Grad-Marke gefallen, Schiffs- und Bootsverkehr auf dem dick zugefrorenen Chiemsee unmöglich geworden war und Pferdegespanne den Transport von und zu den beiden Inseln übernommen hatten. Reger Verkehr hatte in solch eisigen Zeiten auf dem See geherrscht. Sogar Autos und Motorräder waren auf den Eisschichten herumgefahren. Einmal, aber das hatte ihm sein Vater erzählt, das war noch vor dem zweiten Weltkrieg gewesen, da war sogar ein

Flugzeug auf dem See gelandet. Gut erinnern konnte er sich auch noch daran, wie die Kinder von der Fraueninsel mit Pferdeschlitten zur Schule gefahren worden waren. Das hatte er selbst gesehen. Er hatte sie ganz schön beneidet. Er hatte immer zu Fuß gehen müssen. Auch bei Schnee. Und manchmal nur in dünnen Schuhen oder sogar barfuß. Das konnte man sich heute gar nicht mehr vorstellen.

Der alte Mann schwieg kurz, dann glänzten seine Augen auf. Es war aber nicht nur hart gewesen damals, es hatte auch wunderbare Eissportfeste gegeben. Ja, eine rechte Gaudi war das gewesen. Besonders die Pferdeschlittenrennen. Und Skifahren hatte man noch können. Den ganzen Winter lang. Da hatte sich die Jugend auf der Eglwies getroffen und ihren Spaß gehabt. Dort hatte er dann auch die Marie kennengelernt, die dann später seine Frau wurde.

Lebte die Marie noch?

Ja. Leider war sie aber nach der Hochzeit ganz anders gewesen als vorher gedacht. „Diese Weiber. Erst tun sie so brav und dann kommandieren sie einen nur noch herum."

Der alte Mann hatte es ganz leise in sein schütteres Bärtchen gemurmelt, aber Hanne hatte sehr gute Ohren. Sie lächelte vor sich hin. Zu den dominanten Männern schien er nicht zu gehören.

Jetzt nahm er einen tüchtigen Schluck aus seinem Bierglas und griff erneut zur Zeitung, die er während des Erzählens beiseite gelegt hatte. „Ja, das waren wirklich noch richtige Winter", schloss er seine Erinnerungen ab, „so einen milden Winter wie heuer hat es da nie gegeben."

„Doch", entfuhr es Hanne, „1935." Rein zufällig hatte sie kürzlich in der Chronik geblättert, die bei ihrer Vermieterin im Wohnzimmer lag.

Der alte Mann schaute sie verblüfft an, wandte sich dann endgültig der Zeitung zu. „Weiber", murmelte er vor sich hin, „immer wissen s` alles besser."

Oh weh, sie hatte ihn wahrhaftig nicht beschämen wollen. Aber bereits in der Schule war sie des Öfteren wegen ihres „vorlauten Verhaltens" getadelt worden. Doch wenn etwas absolut nicht gestimmt hatte, dann hatte sie das nicht einfach so stehen lassen können. Alles musste seine Ordnung haben. Dieser, zugegebenermaßen doch recht „preußisch" anmutende Charakterzug schien ihr bis heute treu geblieben zu sein. Eine lupenreine rheinische Frohnatur war sie allerdings auch nie gewesen.

Es polterte, die Tür wurde aufgestoßen und ein neuer Kunde schritt zur Theke. „Scheißschnee", knurrte er, „und auf der Autobahn nur Idioten. Kaum fallen ein paar Flocken, da geht denen schon der Arsch auf Grundeis. Am Irschenberg ging wieder mal nichts mehr. Scheißschnee. Und da kommt jetzt garantiert noch mehr."

„Naa", sagte der Bäcker, „Das gibt heuer nicht mehr wirklich was."

„Doch. Garantiert geht`s jetzt wieder richtig los. Einen durchgängig milden und schneearmen Winter gab`s hier noch nie."

„Doch", rief es vom Fenster her. „1935."

Beinahe hätte Hanne laut losgelacht, konnte sich aber in letzter Minute bremsen. Sie wollte den alten Mann nicht noch einmal vergrätzen. Für sie wurde es nun jedoch allerhöchste Zeit, in die Wohnung zurückzukehren. Nicht nur die Handschuhe waren nass geworden. Da waren jetzt wohl auch ein paar gut gefütterte Winterschuhe fällig. Für den Fall, dass es heuer vielleicht doch noch einen richtigen Winter geben sollte, der all das nachholte, was er bisher versäumt hatte.

„Tschau", lächelte sie den drei Männern zu und machte sich auf den Heimweg. Männer. Bayerische Männer. Jeder auf seine Art ganz eigen.

Im Schneeloch

Der Bäcker schien tatsächlich Recht zu behalten. Keine einzige Flocke war mehr vom Himmel gefallen. Längst schon hatte sich der Februar mit ungewöhnlich warmen Temperaturen breit gemacht, auch heute schien wieder die Sonne und würde den letzten Schneeresten im Laufe des Tages endgültig den Garaus machen.

Aber hatte sie nicht kürzlich noch etwas gelesen von einem „Schneeloch"? Einem Ort in einem Talkessel, der dank seiner geschützten Lage garantiert bis zu den Osterferien Schnee hatte? Wie hieß der noch?

Reit im Winkl. Sie wusste es wieder. Und wusste auch sofort, dass sie hinfahren würde. Ob aber mit dem Auto? Schneeloch klang nach viel Schnee, Talkessel nach Berg- und Talfahrt. Wie breit waren die Straßen dort wohl? Und wer hatte eigentlich Vorfahrt bei einspurigen Strecken? Waren das nicht die Abwärtsfahrenden? Da stand ihr möglicherweise Anfahren am Berg bevor. Das war nie ihre Stärke gewesen. Überhaupt war Autofahren nicht unbedingt ihre Stärke. In Köln hatte sie zum Glück selten eins gebraucht und fuhr sich in der neuen Heimat gerade erst wieder ein.

Hanne schloss einen Kompromiss mit sich selbst, fuhr mit dem Auto zum Bahnhof in Prien und saß kurz darauf im Bus. Heiß brannte die Sonne durch die Scheiben und übergoss mit ihrem Licht eine Landschaft, in der es sichtlich Frühling geworden war. Frisch umgebrochene Felder. Wiesen voller Maulwurfshügel. Weidenkätzchen zuhauf. Im Laufe der Fahrt tauchten dann aber doch größere weiße Flecken auf und in schattigen Lagen schließlich auch immer mal wieder eine verschneite Wiese voller Langläufer und Spaziergänger.

Angekommen in Reit im Winkl war Hanne jedoch maßlos enttäuscht. Das sollte ein Schneeloch sein?

Rundum nichts als Löcher im Schnee. Gut, dass sie nicht hergekommen war, um Ski zu fahren. Einmal im Leben hatte sie auf zwei Brettern gestanden, doch gleich am zweiten Tag des Skikurses hatte sich eins der Hölzer nach einem Sturz selbständig gemacht und war auf Nimmerwiedersehen talwärts gesaust. Es hätte jemanden erschlagen können dort unten. Viel zu gefährlich, dieser Sport, hatte sie damals erkannt. Und war Wandern im Schnee nicht auch viel schöner?

Aber zum Wandern reizte sie hier nichts. Gar nichts. Winter und Frühling rangelten miteinander um die Vorherrschaft und auch in diesem angeblich so „schneesicheren" Ort schien eher der Frühling die Oberhand zu behalten. Obwohl doch in Wahrheit noch richtig Winter war. Und sie sich keineswegs im Rheinland befand, sondern im tiefsten Bayern.

Lustlos wanderte Hanne umher. Ja, es war ganz nett hier, die Kirche, die bemalten Hotels, Pensionen und Geschäfte, aber statt der erhofften Schneedecke gab es eben nur Schneelöcher.

Das verlangte nach einer herzhaften Entschädigung und so saß Hanne schon bald in einer Gaststube und bestellte nach dem Studium der Speisekarte die hausgemachten Kasspatzen. Auf die hatte sie jetzt große Lust. Kaum hatte sie die ersten im Mund, eröffnete die Frau am Nachbartisch das Gespräch, versicherte ihr, sie genieße gerade die allerbesten Kasspatzen weit und breit und informierte sie dann detailliert über die Anzahl ihrer Aufenthalte in diesem wunderbaren Ort. Eine weite Fahrt musste sie allerdings jedes Mal auf sich nehmen. Woher sie kam? Aus Hamburg. Hörte man das nicht? Hanne kam ja wohl auch nicht von hier. Der Sprache nach zu urteilen. Kam sie auch zum Skifahren her? Nein, sie wohnte seit kurzem in der Nähe? Ja kam sie denn zurecht mit den Bayern? Zugezogenen gegenüber sollten die doch ziemlich abweisend sein. Hatte sie jedenfalls gehört. Ach ja? Zu ihr war man bisher immer nur freundlich gewesen? Da hatte sie aber Glück gehabt.

Die Hamburgerin redete, Hanne aß, konnte die besten Kasspatzen weit und breit jedoch leider kaum genießen. Schwer lag ihr eine Laus auf der Leber und wollte nicht weiterlaufen.

Sobald der Teller leer war, beendete Hanne die recht einseitige Unterhaltung mit der Bemerkung, sie sei ohne Vorurteile hergezogen und bisher bestens klar gekommen mit den Bayern, die auch nur Menschen seien und weder besser noch schlechter als die Hamburger.

Mit Genugtuung sah Hanne die Röte aufflammen im Gesicht ihrer Tischnachbarin. Sie winkte der Wirtin, zahlte und verließ die Gaststube, allerdings nicht, ohne der Hamburgerin noch eine letzte Bemerkung hingeworfen zu haben. „Wie es in den Wald hineinruft, so schallt es daraus zurück."

Was nun? Nun brauchte sie dringend Bewegung, um der Laus endlich Beine zu machen. Sie schaute zum blauen Himmel hoch und beschloss, ein Stück weit den nahe gelegenen „Hausberg" hochzumarschieren. Es ging aufwärts. Es ging ununterbrochen immer nur aufwärts. Das hielt sie eine Weile durch, doch dann musste sie stehenbleiben. Keine Kondition.

Eher zufällig drehte sie sich um. Oh Schreck! Über den Bergen jenseits des Talkessels ballten sich dichte, dunkle Wolken zusammen. Hatte sie nicht auch gelesen von den schnellen Wetterwechseln im Gebirge? War sie hier im Gebirge? Einen Schirm hatte sie auch keinen mit. Also nichts wie runter. Da würde sie eben früher zurückfahren als geplant.

Sie schaffte es. Gleichzeitig mit den ersten Tropfen kam sie in den Ort zurück und kaum näherte sie sich der Bushaltestelle, da prasselte es auch schon los. Aus dem Schneeloch war innerhalb kürzester Zeit ein Regenloch geworden.

Hanne sprang unters Vordach eines Geschäftes nahebei und schüttelte sich. Das war eindeutig nicht ihr Tag heute. Alles war völlig anders als gedacht.

„Hallo Hanne! Das ist aber eine Überraschung!"

Oh Gott, nein, nicht ausgerechnet diese beiden! Nicht Hilde Schmitz und Trudchen Klein aus Köln, die allergrößten Schwatztanten in ihrer früheren Nachbarschaft. Sie wussten immer alles über alle und natürlich wussten sie auch längst, dass Hanne vor wenigen Monaten nach Bayern gezogen war.

Die warteten doch hoffentlich nicht auch auf den Bus nach Prien?

Nein, sie wollten nach Ruhpolding, wo sie sich für den Skiurlaub einquartiert hatten. Aber Schnee gab`s da ja leider keinen, da mussten sie jetzt täglich nach Reit im Winkl fahren.

Aber hier war doch auch kaum was.

Nein, hier unten war natürlich nichts, da musste man schon hoch auf die Hemmersuppen- oder auf die Winklmoosalm fahren. Toll war es da oben. Schnee so weit das Auge reichte.

Und wie kam man da hin? Mit dem Auto? Hanne hatte nirgends einen Hinweis gesehen.

„Aber das weiß doch jeder hier. Steht in jedem Prospekt drin. Für Autos sind die Straßen hoch im Winter gesperrt, zur Hemmersuppenalm gibt es einen Shuttleverkehr und eine Gondel fährt zur Winklmoosalm. Das ist doch die berühmte Alm von der Rosi Mittermaier und da liegt der Schnee immer bis mindestens Ostern. (Nein! Ein paar hundert Meter weiter oben lag der Schnee stapelweise und sie kraxelte stattdessen auf einem Hausberg im Frühlingskleid herum!) Warst du etwa nicht da oben? Da hast du aber was verpasst. (Oh, verdammt. Warum hatte sie sich nur nicht besser informiert vorher?) Jetzt schneit es sicher da oben."

Hanne hatte überhaupt keine Lust auf eine weitere Unterhaltung mit den beiden Kölnerinnen, doch der Regen vereitelte jeden Fluchtversuch und Hilde und

Trudchen, hocherfreut, im Urlaub jemand Bekanntes getroffen zu haben, redeten fleißig weiter auf Hanne ein.

„Wartest du auch auf den Bus? (Hätte sie doch bloß das Auto genommen!) Wir haben uns ja beide so gewundert, dass du ausgerechnet nach Bayern gezogen bist. Da gelten doch nur die eigenen Landsleute was. Kennst du den Spruch: „Ertrunken sind im Eis, zwei Menschen und ein Preiß?" (Wo nur der Bus blieb, musste doch längst da sein.) Lustig, was? Aber im Ernst. So sind die hier drauf. Verstehst du denn überhaupt die Sprache? Auf den Dörfern reden sie doch nur Dialekt. Aus Prinzip. Mia san mia. (Da kommt der Bus, Gott sei es gedankt.) Das ist bei uns im Rheinland doch anders. Da reden sie nur untereinander im Dialekt, aber nicht mehr, wenn Fremde dabei sind. Gastfreundlich sind sie im Rheinland auch. Sag doch mal deine Adresse. Vielleicht können wir dich mal…"

„Tschau", rief Hanne und lief zum Bus. Nichts wie weg von diesen blöden Weibern.

„Na, junge Frau, wo soll`s denn hingehen?"

„Prien", sagte Hanne und erleichtert lächelte sie den Fahrer an. Mit Einheimischen kam sie offensichtlich besser zurecht als mit Touristinnen.

Sie saß noch nicht ganz, da fuhr der Bus schon an und Hanne wurde gegen eine Sitzbank geschleudert, wäre fast gestürzt über den Fuß, der in den Gang ragte. Der zugehörige Herr fuhr auf. Was er sagte, verstand sie nicht. Doch was er damit sagen wollte, verstand sie nur zu gut. Freundlich klang es nicht. Da war der Herr zur anderen Seite des Ganges schon netter im Ton. „So san die Bayern", lachte er sie an. „Manchmal", fügte er hinzu und wies mit dem Kinn auf den Herrn gegenüber.

Hanne ließ sich in die nächste Bank fallen und schaute nachdenklich aus dem Fenster in den Regen hinaus. Manchmal. Ja, manchmal lief alles anders als gedacht. Regen statt Schnee. Und tatsächlich waren wohl auch die Bayern nur Menschen wie alle anderen auch.

Und na ja, vielleicht waren sogar Touristinnen aus Hamburg oder Köln auch nur Menschen.

Föhn

Hanne kam nicht aus dem Bett. Wie Blei fühlten sich ihre Glieder an. Aber wozu auch aufstehen? Es gab niemanden, den sie hätte treffen können. Sie hatte auch nichts Interessantes vor für heute. Sie hatte im Grunde gar nichts vor. Da konnte sie auch gleich liegenbleiben. Schlich sich da etwa wieder einmal eine kleine Depression an?

„Gehen Sie raus", hatte man ihr in der Kurklinik für solche Fälle geraten. „Bewegen Sie sich. Das hilft." Folgsam bewegte Hanne sich also wenigstens aus dem Bett. Es fiel ihr unendlich schwer, die Beine anzuheben und auf den Boden zu hieven, aber es gelang. Hinter der Stirn bohrte etwas, sachte zwar, dafür aber beständig. Das nervte.

Lustlos schleppte Hanne sich und den schweren Körper durch den Vormittag. Für die Hausarbeit brauchte sie doppelt so lange wie sonst, ließ nach dem ausgefallenen Mittagessen kurz entschlossen alles stehen und liegen und setzte sich ans Fenster.

Aber was war denn das? Den ganzen Morgen über waren Himmel und Berge grau verhangen gewesen, doch jetzt hob sich das dunkle Gewölk. Hier wurde ein bewaldeter Hang sichtbar, dort schaute eine weiße Bergspitze hervor und nach einiger Zeit zogen dicke weiße Wolken langsam vor den Bergen dahin. Auch über ihr wurde es zunehmend heller, bis es schließlich blau durch die letzten Wolkenreste schimmerte.

Über diesem wundervollen Schauspiel vergaß Hanne glatt ihr Kopfweh und bekam jetzt doch wieder Lust. Auf einen Latte cappuccino nach dem Essen. Mit Appetit aß sie ein Brot, holte das Fahrrad heraus und auf ging`s.

An jeder zweiten Kurve musste sie allerdings stehen bleiben, um einen Himmel anzustaunen, der sich am laufenden Band veränderte. Immer noch zogen dicke weiße Wolkengebilde daher, doch tauchte zwischen ihnen immer mehr duftig-weißes Gespinst auf. Die Kondensstreifen der Flugzeuge wurden lang und länger, liefen breit auseinander, ähnelten schon fast

Spitzenbordüren, ehe sie sich nach und nach in Luft auflösten.

Waren das jetzt die berühmten Föhnwolken? So genau konnte sie sich nicht erinnern an die Fotos, die sie einmal im Internet gesehen hatte. Woran sie sich hingegen genau erinnern konnte, das waren die Schauerberichte von Freundinnen, die im Urlaub unter Föhn gelitten hatten. Das Kopfweh. Die Antriebslosigkeit. Hatte sich ihrer gar keine Mini-Depression bemächtigt, sondern ein Föhn?

Ob nun Föhn oder nicht, der himmlische Anblick munterte Hanne laufend weiter auf und so schaffte sie es trotz der immer noch fühlbaren Mattigkeit bis zum Café. Um möglichen Komplikationen gleich aus dem Weg zu gehen, bestellte sie diesmal einen Milchkaffee und so sah das Getränk dann auch aus, als es kurz darauf vor ihr stand. Ja, so schmeckte es auch. Oder? Schmeckte es in Wirklichkeit nicht doch genauso wie der „Cappuccino" beim letzten Mal?

Hanne nahm noch einen Schluck, lachte wieder einmal still in sich hinein, es schmeckte eigentlich genauso wie letztes Mal, und schaute sich dann ein wenig um im Café. Am Nebentisch saß ein sehr alter Mann. Mit einem Bier natürlich. Er hielt ein Bündel bedruckter Papiere in der Hand, schien sie wirklich lesen zu wollen, nickte jedoch immer wieder über ihnen ein. Und immer wieder, zack, fiel die Hand mit den Papieren nach unten und weckte ihn.

Schließlich gab er auf und steckte die Papiere in die Tasche.

Da saßen sie nun einträchtig beieinander, jeder an seinem Tisch, und schauten durch die große Scheibe in den Himmel.

Sollte sie ihn ansprechen? Sie hatte noch nie gern fremde Menschen angesprochen. Selbst nach dem Weg zu fragen, war ihr meist schwer gefallen, was ihr immerhin eine ansehnliche Sammlung von Stadtplänen eingebracht hatte. Bisher hatte sie in ihrer neuen Heimat von sich aus noch keine Unterhaltung begonnen, doch wenn sie nicht bald den Mund aufbekam, lernte sie hier nie jemanden kennen. Aber vielleicht sprach der alte Herr nur bairisch und sie verstand ihn überhaupt nicht. Zu peinlich wäre das.

Hanne saß, schaute weiter aus dem Fenster und hörte sich überrascht plötzlich doch fragen, ob heute Föhn sei und das da oben am Himmel möglicherweise Föhnwolken.

Der alte Herr wandte sich ihr freundlich zu und sprach zu ihrer Erleichterung eine gut verständliche Mischung aus Bairisch und Hochdeutsch. Ja, das waren tatsächlich Föhnwolken. Aber der Föhn war gerade erst im Kommen. Ein deutliches Zeichen für Föhn seien auch Wolken, die in ihrer Form an Fische erinnerten und deshalb Föhnfische genannt wurden, oder die Federwolken, die Federn ähnelten.

Einen heftigen Föhn erkannte man an einem Himmel voller Schäfchenwolken.

Und was genau war nun ein Föhn?

Den alten Herrn schienen ihre Fragen richtiggehend aufzumuntern. Föhn stieg als feuchter, kühler Wind jenseits der Alpen auf, regnete sich kräftig aus, um dann auf dieser Seite, meist mit der Sonne im Gepäck, als trockener und warmer Fallwind die Berge sozusagen wieder hinunterzufallen.

Ein neuer Gast trat ein, steuerte auf den Tisch des alten Herrn zu, bestellte sich ebenfalls ein Bier und dann versanken die beiden in einer Unterhaltung, von der Hanne kein einziges Wort mehr verstand. Nach einiger Zeit verstummten sie jedoch und saßen schweigend vor ihren Gläsern. Etwa wegen ihr? Der Zugereisten? Sollte sie etwas nicht mitbekommen?

Ach was. Hanne schüttelte über sich selbst den Kopf. Die verstanden sich einfach auch ohne Worte. Trotzdem wollte sie jetzt lieber wieder los. Sie bezahlte, zog den Mantel an und sah gerade noch, wie der alte Herr sein Bierglas hob. „Prost", rief sie und nickte ihm zu. Und wurde sofort wieder unsicher. Sagte man das hier überhaupt?

Mein Gott, wo kamen nur all die Hemmungen her? Wenn sie so weitermachte, hatte sie bald doppelt so viele wie in Köln, und das, obwohl sie sich geschworen hatte, mindestens die Hälfte von ihnen für immer dort zu lassen. Jetzt war aber endgültig Schluss mit diesen Unsicherheiten. Sie hatte es satt, sich ständig zu fragen, ob sie auch alles richtig mache. Sie hatte es allerdings genauso satt, immerzu alleine herumzusitzen. Höchste Zeit, ein paar Bekanntschaften zu machen. Die durften auch gerne jünger sein als die von eben. Eine hatte sie ja immerhin schon gemacht. Der Kavalier. Aber von dem hatte sie leider nichts mehr gehört.

Hanne trat den Rückweg an, war mit ihrer Aufmerksamkeit allerdings öfter im Himmel als auf der Erde. Schon wieder hatten sich die Wolken verändert. Die zartweißen Gespinste hatten Form angenommen, waren sanft geschwungen, mal nach rechts und mal nach links. Das waren wohl die Federwolken, von denen der Herr eben gesprochen hatte.

Der Kaffee hatte ihren Kreislauf endgültig wieder in Schwung gebracht und so war Hanne bald zurück im heimatlichen Dorf. Kannte sie diesen Mann nicht? Hatte sie nicht eben noch an ihn gedacht? Bevor sie sich die Zunge hatte abbeißen können, hatte sie schon seinen Namen gerufen.

Peter drehte sich um, erkannte sie, winkte und … oh Gott, da hätte sie ihm beinahe zum zweiten Mal zu Füßen gelegen. Nichts ging mehr. Weder vor- noch rückwärts. In aller Heimlichkeit hatte sich auf einer Seite des Rades der viel zu lange Schnürriemen um die Pedale gewickelt und nun hatte sie größte Mühe, das Gleichgewicht zu bewahren.

Peter kam lachend herbei. „Na, brauchst du wieder einmal ein Abendessen?"

Gott, war ihr das jetzt peinlich. Doch dann lachte sie mit. „Ganz genau. Aber diesmal zahle ich."

„Ach, nicht nur Vegetarierin, sondern auch noch emanzipiert? Also gut. Du bist dran. Es geht aber frühestens nächste Woche, ich hab ordentlich zu tun. Du hörst von mir." Immer noch lachend befreite er sie von ihrer Fessel und wandte sich zum Gehen. „Pfüati."

„Halt", rief Hanne. „Was heißt das eigentlich?"

„So was wie behüt dich Gott."

„Ach so, na ja…"

„Was hast du denn gedacht?"

„Na ja, nichts…"

Peter wandte sich endgültig zum Gehen, drehte sich dann aber noch einmal kurz um.

„Bis bald."

Unsinniger Donnerstag

Ein Tag wie aus dem Bilderbuch. Weiß bereift die Wiesen. Der Himmel blau, so blau. Leicht wehte der Wind. Und die Vögel sangen.

Mit Macht zog es Hanne nach draußen. Zunächst zu einem ausgedehnten Morgenspaziergang, dann zur Bäckerei. Eintretend stutzte sie jedoch. Was hatte die Bäckersfrau denn da auf dem Kopf? Ein wenig seltsam, dieser Hut. Und der Angestellten hing etwas irrsinnig Buntes um den Hals. Eine Girlande.

Ach je, es war doch Weiberfastnacht, hierzulande „Unsinniger Donnerstag" genannt. Heute Morgen stürmten sie im Rheinland die Rathäuser und was nicht sonst noch alles. Hanne hatte diesen Trubel nie gemocht und Köln in der närrischen Zeit nach Möglichkeit den Rücken gekehrt. Während Mann und Kinder begeistert im Karneval untergegangen waren, hatte sie in aller Ruhe auf einer kleinen holländischen Insel ihre jährlich im „Unternehmen Familie" angefallenen „Überstunden" abgefeiert.

Überstunden gab es keine mehr, einen Kurzurlaub auf der Insel hatte sie nicht mehr nötig, war sich darüber hinaus auch ziemlich sicher gewesen, in ihrer neuen Heimat von unsinnigen Lustbarkeiten verschont zu bleiben. Hatte sie sich getäuscht?

Sie blickte hinüber ins angrenzende Café und war beruhigt. In der Ecke ein Tisch voller Frauen, sich in normaler Lautstärke unterhaltend und ganz normal aussehend. Keine hatte eine Schere dabei. Der Bäcker allerdings auch keine Krawatte an. Zu ihrem Glück schien es hier im Ort nicht ganz so weit her zu sein mit der „Boarischen Faschingsgaudi", wie sie auf einem Plakat angekündigt worden war.

Hanne kehrte nach Hause zurück, doch die Sonne schien ihr so lange durch die ungeputzten Fenster, bis sie nicht mehr durch sie hindurchsehen mochte und lieber wieder hinaus ins Freie ging. Sie holte das

Fahrrad und fuhr Richtung Chiemsee. Wunderbar, dieses Wetter. Wunderbar, dieser Tag. Heute war alles einfach wunderbar.

Bis auf dieses Schild. Es untersagte Radfahrern, den Fußweg neben der engen Landstraße mitzubenutzen. Also fuhr Hanne, anders als die Radfahrerin vor ihr, die das Schild wohl nicht interessierte, ganz brav auf der Fahrbahn und kam sich ziemlich gut vor.

Bis zu dem Moment, in dem ein großer Möbelwagen mit Anhänger dicht an ihr vorüberfuhr, sie vor der Kurve auch noch schnitt, und es buchstäblich nur noch um Zentimeter ging. Ihr stockte der Atem und ihre Beine befiel das große Zittern. Ein zweiter Möbelwagen überholte sie, hupte überlaut, und der Beifahrer zeigte ihr mit einer Handbewegung nur zu deutlich, wo es seiner und seines Kollegen Meinung nach für sie lang zu gehen habe, nämlich auf dem Fußweg.

Hanne hielt an. Himmeldonnerwetter! Ja, ja, ja, sie war zwar im Recht, würde ab jetzt aber an dieser Stelle lieber die rechte Spur verlassen und nur noch strikt verbotene Wege fahren. Und sie würde auch, zumindest an dieser Stelle, nie wieder stolz darauf sein, es im Gegensatz zu anderen richtig zu machen. Richtig konnte ganz schön falsch sein. Was ja nun irgendwie gut zu einem so unsinnigen Tag wie dem heutigen passte. Ein wenig konnte sie jetzt sogar schon wieder lachen.

Mit immer noch leicht zittrigen Beinen bog sie von der Straße ab in den Steinlehrpfad und fuhr zum See hinunter. Die sahen echt interessant aus, die großen Steinbrocken am Wegrand.

„Aufpassen, Mutti! Nach vorne gucken!"

Blödmann, dösiger! Lümmel, verdammter! Was fuhren die zwei entgegenkommenden Schnösel auch nebeneinander her! Ihr Vorderrad war nur ein ganz klein wenig seitwärts ausgeschwenkt, hatte zu keiner Zeit irgendeine Gefahr für irgendjemandes Leib und Rad bedeutet.

Schimpfend fuhr Hanne weiter. Zu ihrem Erstaunen tat ihr das Schimpfen richtig gut, meinte wohl nicht nur die Radfahrer, und regelrecht entspannt landete sie kurz darauf am Ufer der Prien. Naturbelassen nannte man wohl, was sie hier zu sehen bekam. Baumstämme lagen kreuz und quer, manche mit noch frischen Bruchstellen, Äste und Stämme ragten aus dem Wasser, Geröllbänke lagen frei und an der Mündung der Prien in den See tummelten sich die Bläßhühner und Enten. Majestätisch glitten zwei Schwäne dahin.

Hanne ging hinüber zur Vogelbeobachtungsstation, doch der Weg zum Fernrohr war versperrt durch ein völlig in sich versunkenes Liebespaar. Das mochte sie denn doch nicht stören und so fuhr sie wieder davon.

Ja, was war denn das? Da lag ein gefällter, zum größten Teil aber sichtlich abgenagter Baumstamm.

Weitere Nagespuren waren zu sehen. Auch an noch aufrecht stehenden Bäumen. Das mussten Biber gewesen sein. An welch dicke Stämme sich die Tiere heranwagten! Die konnten ihnen doch glatt auf den Kopf fallen. Aber vermutlich hatten Biber, wie die Menschen auch, im Laufe der Jahrtausende gelernt, auf welche Weise man die Stämme am günstigsten anknabberte, damit sie auf jeden Fall in die erwünschte Richtung fielen.

Hanne fuhr weiter und sah plötzlich seitwärts im Gebüsch etwas Weißes aufblitzen, das gleich darauf ohne Scheu auf der Wiese herumsprang und dabei eine rabenschwarze Schwanzspitze zeigte. Ein Hermelin? Am helllichten Tag und auf offener Fläche? Es schien ein wenig orientierungslos zu sein bezüglich Zeit und Raum.

An der Schafwaschener Bucht angekommen, setzte sie sich auf eine Bank in der Sonne und bekam sofort das Kontrastprogramm geboten. Direkt vor ihr schaukelte auf den Wellen ein rabenschwarzes Bläßhuhn mit einem blitzweißen Stirnfleck.

Hanne schaute auf den leuchtend blauen See. Leise schlugen die Wellen ans Ufer. Ganz wundersam still war es und ihr war fast so, als sei sie doch wieder auf der Insel gelandet. Und war sie hier nicht auch am Meer? Auch wenn es nur das „Bayerische Meer" war, wie die Bayern diesen See gerne nannten?

Sie saß und genoss die Stille, die jäh ein Ende fand, als es in den Lüften rauschte und flatterte und eine

Horde Enten in die Bucht einfiel. Flügelschlagend watschelten die meisten an Land und dann ging ein ziemliches Spektakel los. Schnatter, schnatter.... Das nahm überhaupt kein Ende mehr. Es schienen alles Weibchen zu sein. Die feierten wohl eher die rheinische Version von Weiberfastnacht.

Langsam wurde es Hanne kühl. Trotz der Sonne. Sie schaute zum Himmel hoch. Diese Wolken. So faserig und wie zerpflückt. Waren das jetzt auch Föhnwolken? Aber für Föhn ging es ihr doch viel zu gut. Und der Wind war eindeutig kalt und nicht warm.

Ach, war doch gleich, welcher Wind das sonnige Wetter hergebracht hatte. Ihr ging es gut. Sie hatte zwei Möbelwagen überlebt und sich auch nicht unterkriegen lassen von der frechen Bemerkung eines rotzlöffligen Lümmels. Was wollte sie mehr. Naja, mehr Kontakte. Das schon. Aber sonst war alles wunderbar hier. Sogar die Enten hielten jetzt den Schnabel.

Doch schon nahte die nächste Lärmquelle. Zwei junge Frauen setzten sich auf eine der Bänke am Ufer und nahmen ihre Handys aus der Tasche. Was für ein Unsinn, in dieser schönen Landschaft herumzutelefonieren. Diese Handysucht der jungen Leute. Die waren ohne Handy verloren.

Die Stille war dahin, kalt war ihr inzwischen auch, und so ging Hanne zum Fahrrad zurück. Sie war noch nicht weit entfernt von den Schnattergänsen auf der Bank, als ihr Handy klingelte. Wer könnte sie denn ausgerechnet auf Weiberfastnacht sprechen wollen? Sicher keiner aus Köln. Aber hier kannte sie doch noch kaum jemand. Sollte sie überhaupt dran gehen?

Oh, Peter, schnell jetzt, ehe er wieder auflegte. Er wollte heute Abend gern etwas mit ihr unternehmen? Wunderbar. Ob es aber Sinn machte für ihn, am unsinnigen Donnerstag nun ausgerechnet mit ihr auszugehen? Kompletter Unsinn wäre es allerdings, dieses verlockende Angebot nicht wahrzunehmen. Auch wenn sie dafür würde bezahlen müssen.

Kölsche Tön

Hanne wanderte die Ratzinger Höhe hoch. Nicht allein. Nein, auch nicht mit Peter. Der Abend mit ihm war allerdings richtig nett gewesen, sie hatten in einem Restaurant gesessen, in dem nichts, aber auch gar nichts an Karneval erinnert hatte, und wieder hatten sie sich gut unterhalten. Peter hatte sie nicht nur darüber aufgeklärt, dass die Schafwaschener Bucht so hieß, wie sie hieß, weil dort tatsächlich früher einmal Schafe gewaschen worden waren, sie waren sich auch noch ein wenig näher gekommen und hatten beim Abschied ein baldiges Wiedersehen vereinbart. Er würde sich melden, sobald sein Job ihm mehr Luft ließ.

Nein, an diesem Morgen war Hanne unterwegs mit einer brandneuen Bekannten. Erstmals begegnet waren sie sich auf der grünen Wiese, genauer gesagt, an der Kasse des Supermarktes vor den Toren des Dorfes. „Hallo Hanne", hatte sie die Kassendame sagen hören, erstaunt gefragt, woher sie denn ihren Namen kenne, und erfahren, dass nicht sie gemeint war, sondern die Frau hinter ihr in der Reihe, und dass auch nicht „Hanne", sondern „Anne" gesagt worden war. Sehr sympathisch war ihr diese Anne gewesen. Kurz darauf hatten sie nebeneinander vor der Theke in der Bäckerei gestanden und waren ins Gespräch gekommen. Und dann hatten sie an Ort und Stelle einen Kaffee miteinander getrunken. Und jetzt waren sie gemeinsam auf dem Weg zu einem Gasthof, von dem aus es einen wundervollen Blick auf den Chiemsee geben sollte, und wo Annes Mann, ein eingefleischter Gehmuffel, auf sie warten wollte.

Auf kleinen Sträßchen ging es durch die Wiesen aufwärts und gerade, als Hanne eine Kreuzung überquerte, brauste in hohem Tempo ein Sportwagen heran, bremste und hielt erst in allerletzter Minute. Hannes Herz machte einen Satz. Schon wieder so knapp.

Der Fahrer ließ das Fenster herunter, aber nicht, um sich, wie erwartet, zu entschuldigen, sondern um ihr hörbar erbost etwas vollkommen Unverständliches entgegenzuschleudern. Hanne erstarrte, Anne aber wurde unglaublich lebendig, drohte dem wilden Mann mit der Faust, und es hätte nicht viel gefehlt, dann hätte sie die auch noch auf seine Kühlerhaube fallen lassen.

Oh Gott, bloß das nicht. Wenn der Kerl dann auch noch ausstieg! Saugrob können sie werden, die Bayern. Hatte sie in Köln gesagt bekommen.

Ihre Sorge war unnötig, der grobe Klotz startete durch und weg war er. Anne beruhigte sich, Hanne auch, und bald kamen sie beim Gasthof an. Für Hanne wurde es auch langsam Zeit. So lange Strecken zu Fuß und so viel Aufwärtsgehen war sie noch nicht gewohnt. Ihre Beine fühlten sich doppelt so schwer an wie gewöhnlich.

Und wo war nun der berühmte See- und Bergblick? Lag leider verborgen hinter einer milchig-dunstigen Schicht. Der Mann, der ihnen von einem der Tische auf der Terrasse aus zuwinkte, war hingegen gut zu sehen.

Himmel, mit einem solch urbayrischen Mannsbild hatte sie nicht gerechnet. Knielederhose, Strickwams und Strickstrümpfe und zur Krönung auch noch ein Hut mit Gamsbart.

Der Mann stand auf, als sie sich dem Tisch näherte und begrüßte sie lachend. „Griaß di zuagroasds Madl. I bin da Loisl, da Mo von da Oidn do". (Grüß dich, zugereistes Mädel. Ich bin der Mann von der Alten da.)

Hilfe! Der sah nicht nur aus wie ein Urbayer, der sprach auch noch so. Konnte er nicht anders oder wollte er nicht anders? Er musste doch ahnen, dass sie kein Wort verstand.

„Tach, ich bin en kölsch Mädcher un dinge Sproch han ich noch nit esu janz op de Platte. Kannste nit deutsch schwaade mit mir?" (Guten Tag, ich bin eine Kölnerin und verstehe deine Sprache noch nicht so ganz. Kannst du nicht deutsch reden mit mir?) Schweigen. Ungläubiges Staunen in den Augen des Mannes.

Verflixt, diese „kölschen Tön" waren ihr einfach so rausgerutscht. Obwohl sie doch bisher noch nie Dialekt gesprochen hatte. Aber jetzt hatte es wohl sein müssen. Hoffentlich hatte sie es sich nun nicht für immer verdorben mit dem Herrn.

Nein, hatte sie nicht. Er lachte laut los, dann reichte er ihr die Hand: „Grüß dich Hanne. Ich bin der Loisl. Und nix für ungut. War nur ein kleiner Test. Auf den Kopf gefallen bist du ja nicht."

Jetzt lachte auch Hanne. „Kölsche Mädcher fallen nie op de Kopp. Die fallen immer op de Fööß. Grüß dich Loisl." (Kölnerinnen fallen nie auf den Kopf. Die fallen immer auf die Füße.)

„A ganz a Varreckte bist ja. Komm, ich geb dir ein Bier aus." Loisl winkte der Kellnerin. Ein Kaffee war Hanne jedoch bedeutend lieber, Loisl gab nach und kurz darauf kostete sie das dampfende Gebräu, während das Paar ihr gegenüber große Schlucke aus großen Gläsern tat.

Die drei verstanden sich gut. Loisl klärte sie darüber auf, dass „varreckt", so etwas wie „ganz schön clever" bedeute, erzählte dann, dass er früher in der Grundschule Bairisch hatte reden müssen, was in der weiterführenden Schule prompt zum Problem für ihn geworden war, weil dort ausschließlich Hochdeutsch gesprochen wurde.

Hanne erzählte daraufhin von dem wildgewordenen Sportwagenfahrer und gestand, welche Sorge sie gehabt hatte, Anne könnte tatsächlich tätlich werden und der Typ daraufhin aussteigen und dem Klischee eines groben Bayern gerecht werden wollen.

„Nun", meinte Loisl, süffisant lächelnd, „der Bayer an sich ist sehr gemütlich. Aber wehe, wenn er gereizt wird. Dann kann er zum Stier werden. Also pass auf, Madl, was du sagst und tust, wenn du mit einem Bayern zu tun hast. Frag Anne."

Anne verdrehte die Augen, sagte aber nichts. Vermutlich würde sie bei einem Kaffee unter vier Augen mehr dazu zu sagen haben. Hanne erinnerte sich an die eben erlebte Szene mit dem Rennfahrer. Diese Frau hatte nicht nur Temperament, sondern auch Courage. Wehe, wenn sie gereizt wurde.

Eine gute Stunde saßen die drei beisammen, dann war Aufbruch angesagt. Allerdings hatte Hanne nach dieser Pause nicht wirklich Lust, den Weg zurück

47

auch wieder zu Fuß zu machen. Loisl schien es zu riechen.

„Wollts tatsächlich auch obi laufen?"

Nein, bloß nicht, Hanne wollte auf keinen Fall noch weiter hoch. Sie wollte nur noch wieder runter.

„Na, sag ich doch."

Anne fing Hannes ratlosen Blick auf. „Obi heißt nicht nach oben, sondern nach unten." Sie wandte sich an ihren Mann: "Ein paar Schritte zu Fuß täten dir auch nicht schlecht bekommen."

Doch Loisl winkte ab. „Wozu hat der Mensch das Blech und die Räder erfunden. Geht ihr mal. Ich bleib alleweil noch a bisserl hier oben. Ich hol euch sowieso wieder ein."

Ein wenig beneidete Hanne den Mann um die auf dem Parkplatz stehende Blechkiste mit den vier Rädern, aber sie wollte Anne auch nicht den Spaß verderben und so machten sich die beiden Frauen wieder auf den Weg.

Die Kreuzung tauchte auf. Und wieder kam ein Auto angebraust, bremste scharf und hielt. Dann wurde das Fenster heruntergelassen.

„Steigts ein, Madln."

Die Versuchung war groß. Und war Hanne in den wenigen Wochen im Chiemgau nicht schon mehr gelaufen als in Köln ein ganzes Jahr? Und konnte sie nicht förmlich fühlen, wie sich gerade eine Blase bildete am Kleinen Zeh?

Hanne schaute zu Anne hinüber. Die verdrehte zum zweiten Mal die Augen, zog resigniert die Schultern hoch, was Hanne mit „Na gut" übersetzte.

„Na gut", sagte sie zum Mann am Steuer und öffnete die hintere Wagentür. „Und nur wegen der Blase am Fuß. Damit die nicht noch größer wird."

Anne drohte ihrem Mann mit dem Zeigefinger, doch der grinste nur verschmitzt.

Und dann fuhr er Hanne bis vor ihre Haustür.

Auf dem Lehrpfad

Den ganzen Morgen schon pfiffen, zwitscherten und trällerten die Vögel wie um die Wette und schafften es mit ihrem Gesang vom kommenden Frühling tatsächlich, die dichte Wolkendecke über dem Dorf zu lichten und der Sonne einen kleinen Durchblick zu verschaffen, was nun hinwiederum Hanne den nötigen Antrieb verschaffte, all die Kleinigkeiten im Haushalt zu erledigen, die sie seit längerem schon hemmungslos von heut auf morgen verschoben hatte, was sie erstaunlicherweise jedoch keineswegs ermüdete, sondern im Gegenteil geradezu auflud mit Energie. Eindeutig spürten nicht nur die Vögel den kommenden Frühling.

In Köln hatte sie sich bei solchen Energieschüben gewöhnlich in den Frühjahrshausputz gestürzt. Ein Haus gab es nicht mehr und in ihren zwei Zimmern wohnte sie noch nicht lange genug, um sie einem Frühjahrsputz unterziehen zu müssen. Wohin also mit der Energie?

Kurz entschlossen setzte sie sich ins Auto und fuhr nach Prien. Hatte sie, das Stadtkind, nicht schon längst etwas lernen wollen über die Natur ihrer neuen Heimat? Da kam ihr der Naturlehrpfad gerade recht. Sie stellte das Auto auf einen Parkplatz in der Nähe des besagten Pfades und blickte sich suchend um nach einem Hinweisschild. Sie ging hin, sie ging her. Nirgends ein Schild, das ihr den Weg hätte weisen können.

Na gut, da übte sie sich jetzt im Mundauftun und fragte die Frau, die ihr entgegen kam, wo dieser Pfad begann. Leider hatte die Frau keine Ahnung, wohnte schon seit Jahren nicht mehr in Prien und war nur zu Besuch. „Der muss neu sein", meinte sie, „den gab es zu meiner Zeit noch nicht".

Hanne frage die nächste Passantin, doch auch die wusste nicht Bescheid. Da fragte sie die dritte und die kannte den Lehrpfad. Mit weit ausholenden Armbewegungen beschrieb sie Hanne den gesamten Verlauf des Pfades gleich mehrmals. Auf urbairisch. Hanne verstand nahezu nichts, bedankte sich dennoch artig, folgte dann einfach dem Schild „Eichental", das immerhin in die gewünschte Richtung zeigte, ging einen leise plätschernden Mühlbach entlang und hielt unterwegs fleißig Ausschau nach den angekündigten Eichen. Ja, wo

50

waren sie denn? Unter all den Buchen musste man sie geradezu suchen.

Plötzlich stand sie vor einem großen Wasserrad und diversen Stauanlagen. Und nun?

Nun entdeckte sie zu ihrer großen Freude endlich ein Hinweisschild, doch zeigte es in genau die Richtung, aus der sie gerade gekommen war. Dann entdeckte sie einen weiteren Weg in eine ähnliche Richtung, und womöglich galt das Schild ja diesem Pfad. Nein, doch nicht, nach hundert Metern endete er am Zaun um die Tennisplätze. Ein seltsamer Lehrpfad. Wo ging er nur wirklich her? Über die Holzstiegen hoch in den Wald?

Hanne stieg den steilen Hang hoch und wahrhaftig, oben winkte der Lohn in Form eines weiteren Hinweisschildes. Sie war ab jetzt ganz offiziell auf dem Naturlehrpfad. Gemächlich wanderte sie vorbei an den Bäumen, den ausgeschilderten und den nicht ausgeschilderten, und erfuhr bei dieser Gelegenheit auch, dass sie gerade durch einen Schutzwald ging, der den Hang vor dem Abrutschen in die tief unten dahinfließende Prien bewahrte.

„Grüß Gott", sagte der Herr, der seinen Hund ausführte. „Grüß Gott", sagte kurz darauf die Frau, die ihr entgegenkam. „Servus", rief der Jogger, der sie überholte.

Sage einer noch mal was gegen die Bayern, dachte Hanne. So oft wie hier war sie noch nie irgendwo gegrüßt worden. Es tat ihr eindeutig gut.

Tok, tok, tok. Hallo Frau oder Herr Specht. Viel Glück bei der Beutejagd. Wie sahen diese Vögel wohl aus? Suchend sah Hanne umher und verrenkte sich fast den Hals, doch dann sah sie ihn, den ersten lebendigen Specht ihres Lebens.

Und welcher Vogel zwitscherte drüben so munter im Strauch? Für einen Spatzen war er viel zu farbig. Vielleicht sollte sie sich ein Vogelbuch kaufen.

Oh, da hingen ja noch die letzten Knallerbsen vom vergangenen Herbst. Ruck, zuck, waren die kleinen und so herrlich prallen Früchtchen abgestreift und auf den Boden geworfen. Patsch, machte es beim Drauftreten. Patsch! Patsch! Paff! Und Spaß machte es auch. Wie früher. Aber wie hieß der Strauch, an dem sie hingen? Sie würde sich auch noch einen Pflanzenführer zulegen.

Es ging wieder bergab, vorbei am Schützenwirt mit seinen hausgemachten Kuchen und Torten, dann stand sie vor einer Schautafel, auf der es einiges zu erfahren gab über die Geschichte der „Priener Königlich Privilegierten Feuerschützengesellschaft", die einstmals „unter der Herrschaft adeliger Grundherren" die Heimat beschützt und verteidigt hatten.

Gab es in Köln auch beschützende Schützenvereine? Sie hatte immer gedacht, die Schützen ballerten nur aus Freude am Ballern. Sie hatte sogar einmal einen Schützen kennengelernt. Bei der Tante in den Sommerferien. Auf einem Dorffest hatte er sich sterblich in sie verliebt, kam sogar mit roten Rosen an, doch Hanne hatte ihn abblitzen lassen. Zur Strafe gab es nie wieder rote Rosen. Machte nichts. Sie mochte auch gar keine roten Rosen. Andere Blumen waren viel schöner. Oder etwa nicht?

Was hob denn da zwischen den welken Blättern am Boden die Köpfchen hoch? vor ihr leuchtete es weiß durchs dunkle Braun, drüben schaute etwas Blaues hervor, und vor Hanne tauchte das Bild einer Wiese auf, übersät mit Anemonen und Leberblümchen. Diese Wiese lag in Bullerbü. Und da sah sich Hanne wieder mit ihren Kindern und einem Bilderbuch auf dem Sofa sitzen und ihnen vorlesen vom Frühling in Bullerbü.

Leise wehte Traurigkeit vorbei. Das war einmal. Lang war es her. Vermisste sie die Kinder etwa noch? Nein, hatte sie auf Fragen immer geantwortet. Da wurde sie wohl gerade eines Besseren belehrt.

Hanne schluckte, wischte sich zwei vorwitzige Tränchen aus den Augen und ging langsam zum Auto zurück. Doch statt einzusteigen, ging sie dran vorbei, ging weiter und immer weiter, landete schließlich auf dem Marktplatz und dort vor einem Café an einem Tisch in der Sonne, die inzwischen vollends den Durchbruch geschafft hatte. Sie mochte jetzt nicht allein zu Hause sitzen.

Sie bekam sofort Gesellschaft. Das waren jetzt aber eindeutig Spatzen, die da so furchtlos um ihren Stuhl herumhüpften. Einer war ganz besonders mutig, saß schon fast auf ihrem Schuh.

„Na, du Spatz, du?"

Hatte er das verstanden? Er legte das Köpfchen schief und schaute sie an, verlor aber schnell wieder das Interesse an ihr und hüpfte davon. Die Kellnerin kam heraus und husch, waren alle Spatzen fort.

Schön war es, hier zu sitzen. Durch die weit offene Tür duftete es nach frisch gebackenem Brot, um sie herum wurde geredet und gelacht, Menschen kamen und gingen, die Spatzen waren auch längst zurück und pickten eifrig auf dem Boden umher, die Glocke der Kirche gegenüber schlug die volle Stunde, kurz darauf begann das Mittagsläuten, und da nahm sie die Speisekarte zur Hand. Es war Knödelwoche und sie waren alle hausgemacht, gleich, ob in der Suppe oder zu Gemüse, ob geröstet, mit Spinat oder Speck, aus Topfen oder Kaspress.

Kaspress? Die Bedienung klärte sie auf. Kaspress waren flach gepresste Knödel aus Knödelbrot und Käse.

Okay. Heute war Lehr- und Lerntag. Sie bestellte also Kaspress, und dank der zahlreichen Aktivitäten dieses Morgens hungrig wie ein Wolf aß sie alles ratzeputz auf.

Danach ging sie endgültig zum Auto zurück. Doch ja, jetzt konnte sie auch wieder gut alleine sein. Und morgen schon würde sie sich weiter belehren lassen. Da würde sie den Steinlehrpfad zum See nicht mit dem Rad entlangsausen, sondern Schritt für Schritt entlanggehen, konnte sich so auch gleich Kondition antrainieren für die nächste Wanderung mit Anne. Die war schon vereinbart.

Cafeteria

Hanne arbeitete neuerdings. Seit einer Woche hatte sie einen Mini-Job in der Cafeteria einer Kurklinik und er hatte ihr von Anfang an Spaß gemacht. Sie hatte das Leben im Chiemgau, so ganz ohne Verpflichtungen, zunächst sehr genossen, doch vor einigen Wochen hatte etwas zu bohren begonnen. Erst nahezu unmerklich, dann immer deutlicher hatte sich Unruhe breit gemacht. Immer nur herumfahren und herumsitzen! Immer nur auf See und Berge oder in die Wolken gucken! Das reichte ihr auf Dauer denn doch nicht. Sie brauchte mehr. Sie brauchte vor allem mehr zu tun. Möglichst etwas, das sie auch mehr in Kontakt bringen würde mit den Menschen, die hier lebten. Da war ihr die Stellenanzeige in der Zeitung gerade recht gekommen. Sie hatte sich beworben und den Job bekommen. Eine Frau in den besten Jahren und mit Lebenserfahrung war wohl genau das Richtige für die Cafeteria der Kurklinik in einem der Nachbarorte. Sie war auch nicht so ganz unerfahren in diesem Bereich, hatte in Köln hin und wieder ausgeholfen in einem Café in der Nähe ihrer Wohnung.

Heute Mittag stand sie erstmals allein hinter der Theke. Die Kollegin, die sie einarbeitete, hatte einen Arzttermin und würde etwas später kommen. Da stand sie nun also. Und stand. Und stand. Nichts los. Keiner da.

Dann plötzlich doch. Die Tür ging auf, ein altes Paar und ein junges Mädchen kamen herein. Behände nahm die alte Frau ihrem Mann den Rollator ab, schob ihn in eine Ecke und schon war sie zurück.

„Opa, gibste mal deinen Mantel?" Oma nahm das gute Stück entgegen und hängte es an die Garderobe.

„Opa, wo willste denn sitzen?", fragte das Mädchen. Opa steuerte eine Sitzecke mit Sofa an und ließ sich in die Polster fallen.

„Opa, was willste denn trinken?", fragte Oma nun. „Einen Kaffee? Oder lieber einen Tee?"

Opa wusste es nicht. Oma und Enkeltochter wussten nach kurzem Studium der Getränkekarte bald, was sie wollten. Opa immer noch nicht.

Hanne ging an den Tisch. Die Enkelin wollte einen Milchkaffee, die Oma einen richtigen Kaffee. Und Opa? „Bringen Sie ihm einen schwarzen Tee", sagte Oma resolut und Hanne machte sich ans Werk.

Danach stand sie wieder an der Theke. Und stand. Mein Gott, sollte das hier etwa noch langweiliger werden als zu Hause?

Die Tür ging auf, das nächste, auch bereits deutlich ältere Paar betrat den Raum. Der Mann setzte sich stöhnend in einen der Sessel, seine Frau, dem Bauchumfang nach, und wenn es denn noch möglich gewesen wäre, mindestens im neunten Monat schwanger, kam zur Theke, um sich einen Kuchen auszusuchen. Aber welchen sollte sie nehmen? Die sahen ja alle so lecker aus. Das sah Hanne ähnlich, hatte sich daher vom ersten Tag an ein striktes Verzehrverbot auferlegt.

„Was ist das?", fragte die Frau und zeigte auf eins der Tortenstücke. Ja, was war das? War das nun die Nougat- oder die Prinzregententorte?

„Flockensahne", sagte die Frau plötzlich, zeigte auf eben dieses Kuchenstück und Hanne war gerettet.

Die Tür ging auf, ein mittelaltes Paar kam herein.

Die Tür ging auf, eine junge Mutter und ihre beiden halbwüchsigen und äußerst lebhaften FC-Bayern-Fans setzten sich an einen der Tische.

Und schon wieder ging die Tür auf. Hilfe!

Herrschaften, was wollte denn jetzt auch noch der Typ in der weißen Jacke bei ihr hinter der Theke? Den hatte sie doch schon einige Male in der Küche gesehen. Ruhig! Ganz ruhig!

Was sagte er da? Sie verstand kein einziges Wort. Reinstes Bairisch. Ohgottogott! Ruhig! Ganz ruhig! Dieses blöde Radiogedudel im Hintergrund! Es machte sie noch vollkommen verrückt. Wo blieb nur die Kollegin! Die musste doch längst da sein. Was sagte der Koch nun sicher schon zum dritten Mal? Kimmtnochnet?

Plötzlich verstand sie ihn und ahnte, wer gemeint war. Nie, nie wieder würde sie sich über Langeweile beklagen.

„Sie! Frollein!" Eine Rheinländerin. Hanne ging hin. „Sie! Ich wollte aber doch gar keine Sahne auf dem Eis. Und dann auch noch so viel." Hanne brachte der Frau ein Schälchen, in das sie die Sahne löffeln konnte .... „Hätten Sie bitte mal ein Tuch für uns?" Einem der FC-Fans war der Kakao umgefallen ... „I möchd zahln. Kimmst?" Sie kam ... „Könnte ich noch ein Glas Wasser haben? Leitungswasser bitte. Reines Leitungswasser". Er konnte. ... „Frollein, zahlen bitte!" Hanne kassierte. ... „Ich komm nicht durch mit dem Rollstuhl. Kann da mal einer den Sessel wegschieben?" ...

Hanne ging hin und her, holte Tassen und Gläser aus dem Regal, bediente Knöpfe, öffnete Flaschen, legte Kuchenstücke auf Teller, machte Suppe heiß ...

Plötzlich, fast wie auf Kommando, kam der große Aufbruch, eine Tischgesellschaft nach der anderen verließ die Cafeteria und da stand sie mit einem Mal wieder allein im Raum.

Die Tür ging auf. Die Kollegin kam herein. „Gut schaust aus. Ganz rote Bäckchen hast", lächelte sie Hanne an. "Ich hab nur noch ganz schnell den Sohnemann zum Training gefahren. Da brauchte er nicht zu Fuß zu gehen. Und da ich nun schon mal in der Nähe war, hab ich auch noch schnell im Supermarkt fürs Wochenende eingekauft. Zum Glück war ja nichts los hier. Hab ich aber geahnt. Um die Zeit ist hier nie was los."

Ausflug

Jetzt, wo sie wieder arbeitete, hatte Hanne auch wieder Lust auf Landschaft- und Wolkengucken. Das Wetter war gut und da hatte sie für heute einen Ausflug in zwei der schönsten Dörfer Bayerns geplant. Mit dem Bus fuhr sie zum ersten Dorf.

Neubeuern war wirklich wunderschön. Durch einen altrosa Torbogen trat sie in eine wahre Idylle. Um den Marktplatz standen lauter bemalte historische Bauten, auf einer Anhöhe im Hintergrund thronte ein Schloss, das allerdings nicht besichtigt werden konnte, da inzwischen eine Internatsschule darin untergebracht war. Immerhin waren einige der Schüler zu besichtigen, die vor der Bäckerei am Marktplatz ihre leeren Kalorienspeicher wieder auffüllten. Alle waren ungewöhnlich gut gekleidet, manche sogar in Hemd und Anzug.

Hannes Blick fiel auf die Schaufensterscheibe der Bäckerei. „Unsere beliebten Schux`n sind wieder da", stand dort in großen Lettern zu lesen. Schux`n? Was war denn das?

Ziemlich salzigen und fettigen, dennoch ziemlich leckeren und frisch ausgebackenen Quark-Öl-Teig in Untertellerformat kauend, kam Hanne aus dem Laden hinaus und setzte sich an eins der inzwischen von den Schülern geräumten Tischchen.

Sie genoss ihren Gaumenschmaus und gleichzeitig den Augenschmaus, den die reich bemalten Häuser ringsumher boten. Lüftlmalerei nannte man das, wie sie inzwischen wusste.

Gestärkt durch die kleine Zwischenmahlzeit wandte sich Hanne der Kirche zu. Einen recht eigenwilligen Turm hatte sie und als Hanne sich drinnen in eine der Bänke setzte, gewann sie den Eindruck, auch ihre Besucher seien früher einmal recht eigenwillige Menschen gewesen. Zumindest schienen sie alle auf einem eigenen Platz bestanden zu haben.

Neugierig musterte sie die Namensschildchen an den einzelnen Plätzen. Ihrer hatte dem Herrn Garaus aus Pinswang gehört. Oder war es nicht eher der Platz der Frau Garaus gewesen? Saßen die Frauen in katholischen Kirchen früher nicht immer links?

Hanne schaute sich um. Prunkvolle große Altäre, der Mittelpunkt des Hauptaltars mit einem lila Tuch verhängt. Ach ja, Fastenzeit. Das Tuch würde erst Ostern wieder entfernt werden. Sie legte den Kopf in den Nacken, blickte zur Decke empor und hinein in Marias ausgebreiteten himmelblauen Mantel, unter dem eine Gruppe Menschen „zum Hort der Ewigen

Seligkeit" ruderte. Ob der in dieser kalten Kirche zu finden war?

Nicht für Hanne. Aber wo könnte ihrer auf sie warten? Vielleicht beim „Haschl" nebenan? In dem Café, das einst eine „Tafernwirtschaft" war, in der die Innschiffleute bereits im 15. Jahrhundert Einkehr gehalten hatten?

Hanne nahm Platz am letzten freien Tisch auf der Sonnenterrasse und betrachtete voller Begeisterung die ihr noch unbekannte Bergwelt jenseits des Inns. Doch immer öfter richtete sich ihre Aufmerksamkeit ungewollt auf ein Paar am Tisch hinter ihr. Sie konnte es nicht sehen, aber hören. Genau genommen konnte sie allerdings nur ihn hören, wenn einzelne Gesprächsfetzen bis zu ihr drangen.

„Sie laden mich ein? Nein, das ist mir in meinem ganzen Leben noch nicht passiert, dass mich eine Frau einlädt. Das hätte ich auch nie zugelassen. Nie! Ich lade Sie ein. Wo Sie doch so nett auf meine Zeitungsanzeige geantwortet haben … Ich wusste gleich, dass wir zusammenpassen. Wissen Sie, ich bin viel gereist, ich war in … habe gelernt, die Menschen sofort richtig einzuschätzen. Ich hatte auch schon immer eine gute Hand im Umgang … Beruflich war ich sehr erfolgreich, ich habe ... Aber die Rente ist nicht besonders hoch. Da haben sie mich im Betrieb total gelinkt, haben doch glatt … Ja gut, dann zahlen Sie heute. Aber beim nächsten Mal übernehme ich das. Auf jeden Fall! … Ich habe mich schon lange nicht mehr so gut unterhalten. Sie können so wunderbar zuhören…"

Er redete und redete und redete. Wie die Frau sich das nur so lange anhören konnte. Zunehmend deutlicher wurde sich Hanne ihrer Fluchttendenz bewusst. Sie zahlte bald und sah beim Fortgehen verstohlen zum Nachbartisch hinüber. Nein, ihr Fall war dieser Mann nicht. Sie antwortete aber ja auch nicht auf Kontaktanzeigen. Sie las sie nicht einmal. Männer lernte man auch anders kennen. Zur Not fiel man ihnen zu Füßen.

Eine gute Stunde musste Hanne gehen, bis sie in Nußdorf ankam, im zweiten der so hoch gelobten Dörfer. Müde vom Laufen in der Sonne ging sie pflichtbewusst durch zwei Straßen, setzte sich dann aber lieber gleich an die Bushaltestelle, um eine geschlagene halbe Stunde auf den nächsten Bus zu warten. Er kam, sie stieg ein und setzte sich in die erste Reihe, um einen guten Blick nach allen Seiten zu haben. Sie war ganz allein im Bus. Bis auf den Fahrer natürlich. Und kaum saß sie, da ging`s los.

Er hatte sich in Nußdorf gerade ein Brot gekauft. Nur hier gab es ein so gutes Brot. Wie früher in der Kindheit. Da hatte er auch noch die Milch beim Bauern geholt. Da waren die Lebensmittel noch nicht versaut wie heute. Auch die Sitten waren noch andere. Da waren die Kinder noch wohlerzogen. Da haben sie noch gegrüßt. Heute stiegen viele Kinder ein, ohne zu grüßen, die ließ er, wenn er nicht gut gelaunt war, gleich wieder aussteigen und noch einmal neu hereinkommen. Denen brachte er es bei. Da waren natürlich auch die Eltern viel schuld.

Diese Klage über die abnehmende Gewohnheit des selbstverständlichen Grüßens konnte Hanne nicht unwidersprochen lassen. Immerhin wurde sie hier bedeutend mehr gegrüßt als jemals zu irgendeiner Zeit in Köln.

Köln? Sie kam aus Köln? Da hatte er auch achtzehn Jahre gelebt. Hatte bald perfekt Kölsch gesprochen. Die Kölner waren ja lebenslustige und freundliche Leutchen, hatten ihn gut aufgenommen und sofort integriert. Aber einer war mal nach zu viel Kölsch ruppig geworden, hatte ihn als dreckigen Bayern beschimpft. Dem hatte er es aber gegeben. Natürlich auf Kölsch. Der hatte nie wieder was gesagt gegen ihn. Nach der Scheidung von der Frau war er dann wieder in die alte Heimat zurückgekehrt und lebte jetzt allein. Dieser verdammte Autofahrer! Ließ ihm keine Vorfahrt. Das wäre in England nie passiert. Da ließen sie einen immer vor. Dagegen die deutschen Autofahrer! Rücksichtslos auf den eigenen Vorteil bedacht. Dabei lernte man es doch schon in der Fahrschule: Busse haben Vorfahrt. Und jetzt die Fußgängerin! Ging einfach noch vor ihm über die Straße …

Da saß Hanne nun und musste diesen Redeschwall über sich ergehen lassen. Zu allem Überfluss und zu ihrem Schrecken sah der Fahrer während besonders emotional geladener Ausbrüche auch immer noch zu ihr herüber statt auf die Straße. Endlich hatte er jemanden, den er zutexten konnte.

Mein Gott! Wie lange dauerte diese Fahrt denn noch! Und warum stieg an keiner Haltestelle jemand zu? Immer unangenehmer wurde ihr der Mann, aber an Flucht war diesmal nicht zu denken. Gefangen.

Endlich ging die Fahrt dann doch zu Ende, Hanne stieg aus, und, kaum entronnen, fragte sie sich, warum sie den Tiraden des Fahrers nicht schleunigst ein Ende gemacht hatte. Aber wie hätte sie das machen sollen ohne grob unhöflich zu werden?

Die Wahrheit, sie musste es sich eingestehen, war aber leider, dass es ihr überhaupt nicht in den Sinn gekommen war, ihn zu stoppen. Sie war wieder einmal Gefangene ihrer Wohlerzogenheit gewesen.

Ärger stieg auf. So alt war sie nun und konnte immer noch keine Grenzen setzen. Das musste sich ändern. Unbedingt.

Schlecht gelaunt wartete sie auf den Anschlussbus. Er kam, sie stieg ein und entdeckte am Steuer ihren Lieblingsfahrer, mit dem sie bereits einige Male unterwegs gewesen war, wenn sie keine Lust gehabt hatte, in Prien nicht nur einen Parkplatz suchen, sondern ihn auch noch bezahlen zu müssen.

Sie strahlte ihn an. Der würde sie nicht mit Belanglosigkeiten überschütten, da konnte sie sich getrost noch einmal in die erste Reihe des wiederum gähnend leeren Busses setzen.

„Schön, dass Sie es sind. Ehrlich, das war eben nicht gerade angenehm. Da hat mich einer Ihrer Kollegen die ganze Fahrt überschüttet, hat mir eine halbe Stunde lang fast sein ganzes Leben erzählt, hat geschimpft über …"

Freundlich drehte sich der Fahrer zu ihr um und zeigte dann auf ein deutlich angebrachtes Schild. „Während der Fahrt ist das Sprechen mit dem Fahrer verboten."

Oh weh! Vielreden schien ansteckend zu sein. Sie war doch sonst nicht so. Zumindest nicht bei ihr weitgehend unbekannten Menschen.

„`Tschuldigung", murmelte Hanne beschämt. Aber auch sehr dankbar. Immerhin wusste sie jetzt, wie man sich bei unerbetenen und vor allem einseitigen Gesprächen mit Busfahrern helfen konnte, ohne unhöflich zu werden.

„Wiederschaun", sagte sie beim Aussteigen und strahlte den Fahrer erneut an. Sie fand ihn immer noch nett. Und seinen Augen sah sie an, dass er ihr den kleinen Überfall zum Glück längst verziehen hatte.

Sonne
Auch heute schien wieder die Sonne, der Himmel war wolkenlos blau und aller Welt schien es gut zu gehen. Die Bäuerin aus der Nachbarschaft winkte ihr

von weitem zu, eine junge Frau lächelte sie beim Vorbeiradeln an, „Griaß Eahna", sagte das alte Paar, das Arm in Arm seinen täglichen Spaziergang machte.

Hanne holte sich in der Bäckerei einen Kaffee, klemmte sich die ausliegende Tageszeitung unter den Arm und setzte sich an eins der Tischchen vor dem Laden. Gerade hatte sie den regionalen Teil gelesen, da tauchte ein weiterer Zeitungsliebhaber auf. Ob er wohl ein paar Seiten abhaben könne?

Aber natürlich. Sie war ja gut gelaunt heute. Bei so viel Sonnenschein. Und nach bereits so vielen voraufgegangenen Sonnentagen.

Hanne las sich durch den Rest der Zeitung, brachte ihn dem geduldig wartenden Nachleser und setzte sich an ihr Tischchen zurück. Es war so friedlich hier. Der Wind spielte erst mit der Markise über ihr, dann mit ein paar welken Blättern, die es geschafft hatten, einen ganzen Winter lang dem Besen zu entkommen. Im Strauch nebenan lärmte eine Horde Spatzen, als sei sie ganz allein auf der Welt. Über ihr malten Flugzeuge blendend weiße Linien ins Blau. Hin und wieder fuhr ein Auto vor, jemand stieg aus, ging in die Bäckerei, kam nach einer Weile wieder heraus und fuhr davon.

Frühling war es geworden in den letzten Tagen. An den Sträuchern wurden die grünen Blattknospen nahezu stündlich größer, die Forsythien standen in leuchtendem Gelb, Schlüsselblumen, Veilchen und

Gänseblümchen zauberten Farbtupfer an Wegränder und Böschungen.

Eine Nachbarin kam zur Bäckerei, sah Hanne dort sitzen und lobte sie. „Das ist recht. So viel Sonne muss genutzt werden."

Ja. So viel Sonne. Unheimlich schon fast. Ob das noch lange gut ging? War da nicht schon eine erste kleine Wolke am Horizont?

Den schönsten Tag konnte man sich versauen mit solcherart Gedanken. Hanne fiel die Kur wieder ein. In den Gruppensitzungen war häufig gesprochen worden über Schwarzsehen und Schwarzmalen und auch über die so genannten sich selbst erfüllenden Prophezeiungen. Sie waren immer wieder ermuntert worden, den jetzigen Zustand zu genießen, ohne gedanklich sofort in eine Zukunft zu reisen, die vielleicht nicht so angenehm sein würde, und sich mit möglichen Problemen am besten erst dann zu beschäftigen, wenn sie da waren.

Aber so viel Sonne war doch wirklich nicht mehr normal. Das Klima…

„Griaßdi."

Vor lauter Sinnieren hatte sie sie gar nicht kommen sehen. Anne und Loisl standen an ihrem Tisch, hatten noch jemand Drittes im Schlepptau.

„Das ist der Sepp, mein Bruder", stellte Loisl den Unbekannten vor, zog sich einen Stuhl heran und auch die beiden anderen nahmen ohne großes Federlesen Platz. Schnell war eine Unterhaltung zwischen Hanne, Anne und Loisl im Gange. Einzig Sepp sagte nichts, schaute sie nur immer mal wieder so durchdringend an, dass Hanne leicht unbehaglich wurde. Hatte der was gegen sie? Wenn ja, was?

Plötzlich ging Sepps Mund doch noch auf. „Wo kimmsdn hea? Köln? Alles Preißn. Bazis."

„Sepp, red koan Schmarrn ned", sagte Loisl und schaute Hanne begütigend an.

„Un dua du di ned so aufmandln." (Und spiel du dich nicht so auf) Darüber lachte Loisl nur fröhlich und sagte, er sei der Ältere und dürfe das.

Immerhin nahm Sepp ab jetzt hin und wieder am Gespräch teil, doch während Loisl sich heute eines nahezu vollkommenen Hochdeutschs befleißigte, sprach sein Bruder fast nur reines Hochbairisch, so dass Hanne nicht allzu viel verstand

„So a Gschiess", sagte er jetzt und verzog das Gesicht. Im Lächeln, dem sanften Anheben der Mundwinkel, schien er nicht besonders geübt zu sein. Ein rechter Knotterbüggel, wie man solche Leute in Köln nannte.

„Aha, a Preiß bisd", sagte er jetzt mindestens zum dritten Mal und musterte Hanne eingehend. „Was suchsdn du da?"

Da? Wo da?

„Er meint hier", übersetzte Anne und fügte hinzu, „stör dich nicht an seiner Art. Er ist eben ein Grandler. Aber im Grunde mag er die Menschen, auch die Preißn. Er mag es nur nicht zugeben. Nicht wahr, Sepp?"

„Freindlich sei ko a jeda Depp, grandln u schimpfa ned." (Freundlich sein kann jeder Depp, granteln und schimpfen nicht.) Ein verstohlenes Grinsen lag mit einem Male in Sepps Augenwinkeln.

Das Gespräch wandte sich weniger persönlichen Dingen zu. Loisl berichtete von der Schlägerei, die er gestern Abend im Wirtshaus miterlebt hatte. Vier Polizisten waren nötig gewesen, um den Randalierer festzunehmen. So etwas hatte er wahrhaftig noch nie erlebt.

Und da hatte Sepp plötzlich auch etwas zu erzählen, passte seine Aussprache nun aber doch ein wenig an, so dass Hanne ihn einigermaßen verstehen konnte. Vorgestern, mitten am helllichten Tag, da war eine Riesengaudi im Dorf gewesen. Da war eine Kuh durch die Straßen galoppiert, der Bauer und der Veterinär mit der Spritze immer hinter ihr her. Die hatte wohl genauso viel Schiss vor der Nadel wie er, der Sepp. Er konnte sie gut verstehen, die arme Kuh, war als junger Mann auch einmal dem Zahnarzt davongelaufen. Ihm war keiner hinterhergelaufen und da war er am nächsten Tag eben freiwillig zurückgekommen.

Alle lachten, dann stand Sepp auf. Er wollte an die Arbeit, ehe es am Nachmittag wieder regnen würde.

Hanne schaute zum Himmel hoch. Immer noch kein einziges Wölkchen in Sicht.

Sepp hatte ihren Blick gesehen und grinste. „I deng imma ans End, wenn grad wos schee is. Bin hoid a Grandler. Aba i bin`s gean. Servus mitanand." (Ich denke immer ans Ende, wenn gerade was schön ist. Bin eben ein Grantler. Aber ich bin`s gern) Dann ging er zu Hanne und gab ihr die Hand. „Hatte die Ehre. Hoffe, sie bald wieder zu haben."

Drei Augenpaare schauten ihm verblüfft nach. „Wie ist denn der heute drauf?" In Loisls Stimme schwang echte Besorgnis. „Wird höchste Zeit, dass es regnet. Ehe ihm die Sonne noch völlig das Hirn verbrennt."

Anne und Loisl brachen ebenfalls auf, Hanne holte sich einen zweiten Kaffee und setzte sich in die Sonne zurück. Die wollte jetzt mit allen Sinnen genossen werden. Irgendwann würde es mit an Sicherheit grenzender Wahrscheinlichkeit wieder regnen. Aber jetzt war es gerade wunderschön hier draußen.

Regen

Es war so weit. Es regnete. Schon seit Tagen. Bisher hatte es ihr nichts ausgemacht. Vorvorgestern hatte sie in der Cafeteria gearbeitet, vorgestern auch, gestern hatte sie es sich zu Hause schön gemütlich gemacht. Aber heute war sie es leid, dieses ständige Geriesel aus einem undurchdringlichen Grau.

Missmutig stand sie am Fenster und schaute hinaus. Die Hausarbeit war getan, mindestens eine Stunde hatte sie bereits gelesen, dann einen Geburtstagsbrief geschrieben und mit einer ihrer Freundinnen in Köln telefoniert. Was nun? Raus? Trotz Regen? Ja, trotz Regen.

Hanne fuhr nach Prien, stellte das Auto ab, spannte den Schirm auf und spazierte an der Bahn entlang durch die Wohnstraßen. Es nieselte. Unaufhörlich kam von oben feinstes Nass, wehte in Schleiern vorbei, verhüllte die Berge und den Kirchturm, aber nicht das Bauernhaus direkt vor ihr. Auf dem Dach saßen zwei Tauben, im Hof scharrten die Hühner im Misthaufen, nur der Hahn hatte sich untergestellt, damit ihm der rote Kamm nicht so nass wurde. „Ü-ü-ü-üü", gab er seinen Kommentar ab zu diesem Wetter und bekam postwendend Antwort von einem Kollegen um die Ecke. Da warf er sich noch einmal in die Brust. Diesmal aber richtig. „Ü-ü-ü-üüü." Und gleich noch einmal. „Ü-ü-ü-üüüüüü."

Hanne verbot sich jeglichen Vergleich mit der Welt der Menschen und ging weiter. Mäuschenstill war es jetzt. Kein Vogel sagte auch nur einen einzigen Piep. Vertreten waren sie dennoch alle. Sie war in einem Vogelrevier gelandet. Spatzenweg, Schwalbenweg, Kiebitzweg…

Ein Holzhaus mit viel Glas und ohne Gardinen tauchte auf. Vom Bürgersteig aus konnte man direkt aufs Wintergartensofa schauen. Im Vorgarten stand

71

ein Wegkreuz mit Plastikblumen, auf der Holzbank vor dem Haus saß eine Puppe. Ganz wunderbar roch es nach Kaminfeuer, nach Wärme und Trockenheit statt nach dieser alles durchdringenden Nässe. Ach ja.

Weiter ging es, vorbei am Amsel-, Meisen-, Drossel-Stieglitz- und Eisvogelweg und dann über die Schienen rüber. Rote Signale leuchteten aus dem grau-weißen Dunst, der die Bahntrasse schon nach wenigen Metern verschwinden ließ.

Die Wohnstraße endete an einer Hauptstraße, auf der die Autos weitere Lichter ins Grau zauberten, und kurz darauf war sie im Früchtegebiet gelandet: Holunder-, Schlehdorn-, Sanddornstraße. Zur Linken folgte jetzt ganz ordentlich der Weißdornweg, auf dem Weg zur Rechten konnte man, wenn man denn wollte, ins Naturschutzgebiet gelangen. Doch zwei Schilder hielten Hanne auf. „Sackgasse", stand auf dem einen, „Kein Zugang zum See" auf dem anderen. Wollte sie weitergehen und einen anderen Zugang suchen? Oder wollte sie lieber das nächste Wohnviertel erkunden? Wollte sie überhaupt noch wohin gehen? Tropf, tropf, tropf…

Plötzlich war ihr Bewegungsdrang wie weggeblasen. Rundum nichts als graues Nass. Vor ihren inneren Augen tauchte das Bild einer weißen Tasse voll duftenden, dampfenden Tees auf. Ohne zu zögern und ohne Umwege ging sie dieselbe Strecke zurück. Es nieselte weiter auf sie herunter, ein Zug ratterte vorbei, das Krah, krah einer Krähe verhallte im Dunst, doch im Wissen, schon bald wieder im Trockenen zu sein, konnte sie das alles mit einem Mal regelrecht genießen.

Sie fuhr zurück, wandte sich der Haustür zu und hielt an. Nein, nicht in die Wohnung. Lieber wollte sie den Tee in Gesellschaft trinken.

Gemütlich war es im Bäckereicafé. Wenige Tische nur waren besetzt, die Uhr tickte, hin und wieder raschelte eine Zeitungsseite, die Kaffeemaschine fauchte und zischte, dann war es wieder still.

Rumms!!! Da wackelte der Tisch. Der junge Mann am Nebentisch war unvermittelt aufgesprungen, dabei mit der Hüfte gegen die Ecke ihres Tisches geprallt und schaute sie nun mit schmerzerfülltem Blick vorwurfsvoll an.

„Unschuldig" sagte Hanne spontan und nahm die Hände hoch.

„Das sagt jeder", sagte der junge Mann, weiterhin etwas ungnädig.

„Bei mir stimmt es aber", erwiderte Hanne mit Überzeugung. Er schaute zweifelnd drein. Da setzte sie noch eins drauf. „Immer." Ob das jetzt aber noch stimmte?

Der junge Mann ging, ein alter Mann nahm bald darauf seinen Platz ein.

Unvermittelt erscholl lautes Gelächter aus der Tiefe des Raums und von einem Tisch voller Männer flogen muntere Sprüche hinüber zur Bäckersfrau hinter der Theke.

„Was soll heute sein?", fragte Frau Bäckerin.

„Heute ist der Tag des Herrn", kam es vom Männertisch. Frau Bäckerin und Hanne schauten sich irritiert an. Von einem solchen Tag hatten sie beide noch nie etwas gehört.

„Da schauen S`", sagte einer der Männer, als er Hannes Blick sah.

„Meinen Sie den Herrn da oben?", versuchte Hanne sich zu vergewissern.

„Naa, heute ist der Tag des gewichtigen Herrn. Heut ist unser Tag." Wieder lachten die Männer. Und wahrhaftig, jeder einzelne an diesem Tisch wies einen unbestritten imposanten Umfang auf.

Wohl angestoßen von Hannes Bemerkung ging das Gespräch jetzt über zu den Pfarrern der Umgebung, doch verstand Hanne zu ihrem Leidwesen noch nicht einmal die Hälfte. Schade. Ein wenig Klatsch und Tratsch war in diesem Wetter genau das Richtige.

Die Tür ging auf. Heute war offensichtlich nicht nur Tag des Herrn, sondern ganz allgemein Männertag. Ein weiterer kam herein, grüßte in die Runde und dann zum alten Mann am Nebentisch, den er gut zu kennen schien. Der alte Mann hob die Hand und, Hanne traute ihren Augen nicht, zeichnete ein Kreuzzeichen in die Luft. Gab dem Neuankömmling sozusagen seinen Segen. Das Gespräch über Pfarrer schien Wirkung zu zeigen.

Der Gesegnete lachte. Dann sah er Hannes erstaunte Augen. „Den dürfen S` um Gottes Willen nicht ernst nehmen. Vor dem müssen S` sich in Acht nehmen. Kommen S` lieber mit mir mit", sagte er, schob sein Brot unter den Arm, rief Servus und ging wieder.

Frau Bäckerin schaute zu Hanne herüber. „Hier ist mal wieder was los!", sagte sie und ihrer Stimme war anzuhören, wie sehr sie es genoss. „An Guadn" sagte sie dann und stellte einen Teller mit Leberkäs vor einen der gewichtigen Herren.

„Guten Appetit", schloss Hanne sich an und wollte endlich einmal wissen, woraus dieses allseits so beliebte Stück nun eigentlich bestand. Aus Käse oder aus Fleisch? Oder aus einer Mischung von beidem?

Bereitwillig gab der alte Mann am Nebentisch Auskunft. Leberkäs war nichts anderes als Brühwurst in Pastetenform, was ihr die Bezeichnung Käse eingetragen hatte.

Wieder etwas gelernt. Da Lernen außerhalb der Schule auch Spaß machen konnte, erkundigte sich Hanne gleich noch nach der Bedeutung des Wortes Schmankerl.

Das sei ein ganz besonderer Leckerbissen, erklärte ihr Lehrer. So etwas wie sie sei das. Schon lachten wieder alle am Männertisch. Hanne wurde rot, dann lachte sie mit, fühlte sich zu ihrer Überraschung sogar ausgesprochen wohl in der Gesellschaft der anwesenden Männer.

Unter den gewichtigen Herren entstand Bewegung. „An die Arbeit", sagte der allergewichtigste und geschlossen gingen sie miteinander zur Tür. „Ois guade", riefen sie zur Bäckerin hinüber. „Alles Gute", sagten sie im Vorbeigehen zu Hanne.

Es wurde wieder still im Raum. Hanne sah aus dem Fenster. Immer noch dasselbe Bild wie eben. Aus undurchdringlichem Grau nieselte es und nieselte und nieselte…

Aber es machte ihr nichts mehr. Sie verließ die wirtliche Stube und kehrte in ihre Wohnung zurück. Gut gewärmt an Leib und Seele.

Nebel

Hanne wartete auf Nachbarin Sonja, die sie auf ihre morgendliche Hundeausführtour mitnehmen wollte. Mehrfach waren sie sich in den letzten Tagen über den Weg gelaufen. Beim dritten Mal waren sie stehengeblieben und hatten einige Sätze gewechselt. Beim vierten Mal hatten sie bereits „geratscht" miteinander und beim fünften Mal, da war auch der Mops dabei gewesen, war sie eingeladen worden, heute Morgen mit zum See zu kommen.

Für Hunde hatte Hanne bisher herzlich wenig übrig gehabt. Ehrlich gesagt, fürchtete sie sie sogar ein wenig. Und Möpse hatte sie bis gestern immer nur schrecklich hässlich gefunden. Doch dank der

Begegnung mit diesem ganz speziellen Exemplar, Nelly genannt, hatte sie diese Ansicht nicht länger aufrechterhalten können. Ein einziger Blick in die fröhlich blitzenden Augen dieses quietschlebendigen Hundefräuleins hatte genügt, um ihr Herz aufgehen zu lassen.

Schade, dass von der Landschaft heute nicht viel zu sehen sein würde. Überall nur Nebel.

Es klingelte. Hanne lief die Treppe hinunter, stieg zu Sonja ins Auto und auf ging`s. Die Möpsin schien genau zu wissen, wohin es ging, saß während der Fahrt, am ganzen Körper bebend und immer mal wieder in den höchsten Tönen jaulend, auf dem Rücksitz und ließ so die beiden Frauen lautstark teilnehmen an ihrer Vorfreude und Ungeduld.

Kaum hielt das Auto jedoch an, Hanne traute ihren Augen und Ohren nicht, verwandelte sich das bebende Bündel hinter ihnen in eine wohlerzogene Dame, die trotz der offenen Seitentür vollkommen ruhig dasaß, bis sie die Leine umhatte. Aber dann gab es kein Halten mehr. Ein Temperament hatte das Tier! Unglaublich!

Hanne schaute umher. Nebel auch hier. Die Sicht auf den See reichte allerhöchstens fünf Meter weit. Trotzdem gab es auf diesen wenigen Metern einiges zu sehen. Zwei weiße Schwäne schaukelten auf dem Wasser, eine Möwe strich dicht über ihnen dahin, auf dem Steg machte ein Fotograf Nebelbilder. Ansonsten war alles Grau in Grau. Nein, nicht ganz.

An einem Zweig hingen noch ein paar rote Vogelbeeren. Und drüben setzten drei Hagebutten Farbtupfer ins Grau.

Am Ufer bewegte sich etwas. Gefolgt von zwei Gespielinnen kam ein Enterich hoheitsvoll aus dem Nichts heraus geschwommen, verschwand dann aber auch bald wieder darin.

Kühl war es. Feucht vor allem. In winzigen Partikeln legte sich die Nässe auf Gesicht und Hände. Ein geradezu useliges Wetter, wie man es im Rheinland nannte. Wie bezeichnete man in Bayern ein derart ungemütliches Wetter? Sonja wusste es nicht, war selbst auch erst vor zwei Jahren hergezogen und verstand noch längst nicht alles, was sie zu hören bekam.

Klack, klack, klack. Eine Walkerin walkte heran, knallte voller Elan die Stöcke auf den Boden und hatte es sichtlich eilig. Klack, klack, klack. Schon war sie um die Kurve.

„Komm", sagte Sonja, „zum Herumstehen ist es zu kalt. Gehen wir lieber ein Stück Uferweg."

Nach wenigen Schritten löste sie die Leine von Nellys Halsband und die schoss sofort davon, war gleich darauf im Nebel verschwunden, tauchte aber immer mal wieder kurz auf, wie um sich zu vergewissern, dass Frauchen noch nicht verschluckt worden war vom grauweißen Nebelmeer rundum. Manchmal hielt sich dieser Nebel tagelang, erfuhr Hanne. Melancholiker hatten dann nichts zu lachen.

Schnellen Schrittes gingen die beiden Frauen den Uferweg lang. Zu ihrer Rechten lag ein Wäldchen im Urzustand, bemooste Äste und Stämme lagen kreuz und quer auf dem Boden, zur Linken befand sich ein dichter Schilfgürtel. In ausgewaschenem Gelb ragten die welken Halme vom Vorjahr empor, lagen teilweise aber auch völlig danieder. Überall schimmerte ihnen Wasser aus kleinen Tümpeln oder Entwässerungsgräben entgegen.

Schön war`s, hier herzugehen, miteinander zu reden, zu schweigen, dem Hund zuzuschauen, wie er in jugendlichem Übermut über Stock und Stein rannte, sich liebend gerne in jedem Schlammloch gesuhlt hätte, jedoch aufs Wort gehorchte, wenn es ihm verwehrt wurde, was zu seinem Leidwesen jedes Mal geschah. Aber zur Belohnung fürs Gehorchen gab es auch jedes Mal ein Leckerli.

„Servus." Zwei junge Joggerinnen zogen, federnden Schrittes und entspannt miteinander plaudernd, an ihnen vorbei. Und trotz der frühen Morgenstunde kamen ihnen auch bereits die ersten Spaziergänger entgegen.

Wo steckte Nelly eigentlich? Sonja rief. Nichts rührte sich. Sie rief wieder. Doch es blieb weiterhin still. „Sie kennt die Strecke in- und auswendig und wird schon wieder auftauchen", beruhigte Sonja sich und Hanne. Doch je weiter sie gingen, je öfter Sonja erfolglos rief, desto unruhiger schien sie zu werden und steckte Hanne schließlich mit an. Wo war die

Hündin nur? War etwas passiert? Hing sie irgendwo im Sumpf fest?

Sie beschlossen, zurückzugehen, waren erst wenige Meter gegangen, als in der Kurve vor ihnen zwei Riesenhunde auftauchten. Hannes Herz machte einen Satz, beruhigte sich aber schnell wieder. Die Hunde waren angeleint und fest im Griff ihrer Besitzer. Aber! Wer trabte denn da hoch erhobenen Hauptes hinter den großen Gestalten her? Die kleine Nelly.

Sonja stieß erst einen Seufzer der Erleichterung aus und lachte dann laut los. Nelly liebte die beiden Riesentiere. Obwohl sie ihr von Anfang an nichts anderes als die kalte Schulter gezeigt hatten, versuchte sie es bei jeder Begegnung aufs Neue, ihre Aufmerksamkeit zu gewinnen. Kaum tauchten sie auf, war Nelly an ihrer Seite oder lief, wie auch jetzt, eine Weile hinter ihnen her. Sonja musste ziemlich energisch werden, schließlich auch noch zusätzlich mit der Leckerlitüte rascheln, um das Fräulein wieder an die eigene Seite zu bekommen.

Wieder am Auto, sah Hanne noch einmal auf den vernebelten See hinaus. Schwarz und nahezu völlig unbewegt lag er vor ihnen, und genauso unbewegt lag über ihm das dichte, dunkle Grau. Und so etwas tagelang?

„Da machst du nichts dran", sagte Sonja, „das ist am See manchmal so", und sie gestand, gewöhnlich guter Stimmung zu sein, in solch trüben Zeiten der

Melancholie aber doch immer mal wieder gefährlich nahe zu kommen. „Schön, dass du mitgekommen bist heute. Hat mir richtig gut getan. Und sieh mal, drüben im Süden wird es zum Glück auch wieder heller."

Wirklich schien sich der Nebel ein wenig zu lichten. Schemenhaft wurde das gegenüberliegende Ufer sichtbar. Glockenklang wehte von irgendwo übers Wasser bis zu ihnen her. Entengeschnatter setzte ein und brach wieder ab. Einen kurzen Moment lang war es vollkommen still am See.

Und Nelly? Die war längst wieder angeleint und lauschte aufmerksam auf… ja, auf was? Auf den Wind im Schilf? Auf das leise Piepsen aus einem Strauch? Auf das Brummen eines unsichtbaren Flugzeuges? Von da oben sah mit Sicherheit alles ganz anders aus. Da war der Himmel blau. Immer. Auf der Erde nicht. Warum nur nicht?

Hanne fragte es nicht laut und auch die Antwort gab sie sich nicht laut. Musste Wechsel sein, damit den Menschen das ewige Blau nicht leid wurde? Musste sie arbeiten gehen, damit sie die freie Zeit wieder genießen konnte?

Cafeteria II

Hanne trat aus der Haustüre und sah Loisl aus der Bäckerei kommen. Im Trainingsanzug und sichtlich verschwitzt ging er zu seinem Auto. Als er sie sah, blieb er stehen und wartete, bis sie herangekommen war.

Wo er herkam? Er lachte übers ganze Gesicht. Aus dem Folterkeller, gemeinhin auch Fitnessstudio genannt. Wer nicht wandern mochte, musste eben woanders leiden. Zudem lag ihm bedeutend mehr an einem schön gerundeten Bizeps als an strammen Wadenmuskeln. Mit muskulösen Armen ließ sich entschieden besser punkten bei den Weibsbildern. Die wollten auf Händen getragen werden, da reichten gut trainierte Beinmuskeln allein nicht aus.

Und wo wollte sie hin? Sie arbeitete neuerdings? Ja, wo denn? In einer Cafeteria? Loisl machte einen Schmollmund. Den Job hätte er auch gerne. Direkt an der Quelle zu sitzen.

„Sitzen ist nicht", lachte Hanne, „da stehst und gehst du nur."

„Na dann viel Spaß und Servus." Loisl stieg ins Auto und brauste davon, dass der Kies spritzte. Normalerweise hätte sie einen solchen Fahrstil aufs Schärfste verurteilt, doch beim Loisl ging das nicht. Der Mann verbreitete eindeutig zu viel gute Laune.

Nun auch selber bestens gelaunt traf sie wenig später in der Cafeteria ein. Inzwischen kannte sie sich gut aus und arbeitete oft allein. Sie liebte ihre Arbeit. Sie bediente gern und wenn sie Zeit hatte, plauderte sie auch gern mit ihren Gästen. Sie hatten alle ihr

Päckchen zu tragen. Viele auch einen dicken Packen.

Manchen sah man gleich an, was los war. Der da, der da ganz langsam, ganz vorsichtig und übermäßig aufrecht durch den Raum ging, der hatte es garantiert so richtig im Kreuz. Der arme Kerl. Hanne wusste, wie sich das anfühlte. Auch sie war einmal so gegangen.

Die Problemzone des Mannes in der Ecke ganz hinten schien sich eher im Kopf zu befinden. Ständig drehte er sich um und schaute, ob er beobachtet wurde. Andauernd hob er seine Aktentasche hoch, öffnete sie, sah hinein, verschloss sie wieder und stellte sie auf den Boden zurück. Kam so natürlich kaum dazu, seinen Tee zu trinken.

Nach einer Weile konnte Hanne es kaum mehr mitansehen. Brauchte sie aber auch nicht. Ihre Dienste waren wieder gefragt. Ein recht beleibter Mann trat in den Raum, ließ sich auf eins der Sofas fallen, winkte sie heran und begann sofort zu reden. Er war gerade eben erst in der Klinik angekommen und würde wohl einige Wochen bleiben müssen, man konnte nur hoffen, dass ihm hier endlich geholfen würde, er war schon an so vielen Orten gewesen, doch nirgends hatte man ihm wirklich…

War Hanne in dieser Lage nicht bereits einmal gewesen? Sie hatte gelernt. Freundlich wies sie den Herrn darauf hin, dass sie zur Theke zurückmüsse und fragte, was er bestellen wolle. Das wusste er noch nicht, ließ sich alle Getränke aufzählen, die die Cafeteria zu bieten hatte, um sich schließlich für ein Glas Mineralwasser zu entscheiden.

Der Aussprache nach komme sie ja wohl auch aus dem Rheinland, meinte er, als sie das Glas vor ihn hinstellte. Er sei aus Düsseldorf. Und Sie? Aus Kölle? Ach Gottchen. Er verdrehte die Augen. „Ihr mit eurem FC, um den so viel Tamtam gemacht wird. Äußerst fraglich, wie lange der sich diesmal in der Bundesliga halten kann. Und vom U-Bahn-Bauen solltet ihr doch lieber die Finger lassen. Ist das Riesenloch inzwischen wieder zu?"

Hanne gab keine Antwort und ging an die Theke zurück. Dass manche noch nicht einmal in der Fremde Städteanimositäten vergessen konnten! Oder sollte das jetzt nur ein Scherz gewesen sein und sie nahm wieder einmal alles viel zu ernst?

Kurzfristig versank ihre Laune, ähnlich wie vor Jahren das Kölner Stadtarchiv, im Untergrund, hob sich aber sofort wieder, als ihre Lieblingsbesucherin durch die Tür trat. Allein schon ihr Erscheinen tat Hanne gut.

Sie ging hin zu der weißhaarigen Dame, die wirklich eine war. Nicht nur vom Auftreten und der Kleidung her. Nein, sie behandelte auch alle mit ausgesuchter Freundlichkeit. Heute wirkte sie bekümmert und als Hanne ihr das gewohnte Haferl Kaffee brachte und ein aufmunterndes Lächeln schenkte, brach sie in Tränen aus. Die Tochter, einen Autounfall hatte sie gehabt am Morgen. War ins Krankenhaus gebracht worden. Ganz so schlimm sei es nicht, hatte der Schwiegersohn am Telefon gesagt. Aber schlimm reichte womöglich auch schon. Wenn sie doch nur Genaueres wüsste.

Auch dazu gab es nicht viel zu sagen. Tröstend legte Hanne die Hand auf den Arm der alten Dame, die sich die Tränen aus den Augen wischte und wieder ihre gewohnt aufrechte Haltung einnahm.

Heute gab es wieder einmal viel zu tun in der Cafeteria, wenn auch nicht jeder Besucher etwas von Hanne wollte. Eine abwesend wirkende Frau tapste auf ganzen Sohlen durch den Raum. Schwerfällig und unsicher war sie zur einen Tür hereingekommen und genauso ging sie zur anderen wieder hinaus.

Die zwei Frauen, die jetzt hereinkamen, blieben jedoch. Vorweg ging eine sehr, sehr dünne Frau und gleich hinter ihr eine sehr, sehr dicke. Ob sie wohl zusammengehörten? Nein. jede setzte sich an einen eigenen Tisch.

Sinnend schaute Hanne zu ihnen herüber. Kurgäste. Alle so ganz unterschiedlich. Gemeinsam hatten sie oft nur die Notwendigkeit einer Kur.

Was durfte sie den beiden Frauen bringen? Völlig anders als gedacht, bestellte die dünne Besucherin einen Apfelkuchen mit viel Sahne und eine Tasse Schokolade, die dicke dagegen nur ein Glas Wasser. Die dünne Frau aß ihren Kuchen, bezahlte, sprang auf und weg war sie wieder. Die dicke Frau saß am

Fenster, unbewegt, schaute still hinaus und sah dabei ganz furchtbar traurig aus.

Noch einer im Raum schaute so. Der junge Mann, der völlig unbeteiligt mit drei Besuchern an einem der Tische saß. Hanne schaute genauer hin. Könnten seine Frau und seine Eltern sein. Sie unterhielten sich gut, die drei Besucher. Ihn beachtete keiner. Niemand fragte ihn etwas. Niemand erzählte ihm etwas. Schweigend saß er da und schaute in eine imaginäre Ferne. Manchmal sah er so aus, als wolle er weinen.

Er tat Hanne so leid, dass es fast schon wehtat, und so wandte sie den Blick ab. Sie konnte ihm nicht helfen.

Es klingelte und schepperte, ein Herr im Anzug, mit Schlüsselbund am Gürtel, trat ein, hielt einer jungen Frau galant die Tür auf und begann zu zeigen und zu erklären. Aha, ein Herr aus der Verwaltung. Seinem Gesichtsausdruck nach zu urteilen war er wichtig und die junge Frau schaute dementsprechend ehrfürchtig zu ihm auf. Die beiden verschwanden ohne Zwischenstopp durch die andere Tür und Hanne war es recht.

Sie schaute auf die Uhr. Ihre Ablösung würde bald kommen. Auch das war ihr recht. Sie fühlte sich müde. Ein wenig deprimiert auch. Hatte plötzlich Mühe, den nötigen Abstand zu wahren zu all den Schicksalen, die hier im Raum versammelt waren. Ein kleines schlechtes Gewissen setzte ihr zusätzlich zu. So vielen Menschen ging es so miserabel, ihr hingegen geradezu unverschämt gut. Aber war es ihr nicht auch einmal schlecht gegangen? War sie nicht auch einmal in einer Kurklinik gewesen? Auch die Patienten im Raum hatten eine Chance, aus der Misere herauszukommen, genauso wie sie sie gehabt und zum Glück auch genutzt hatte.

„Achtung. Kontrolle", hörte sie plötzlich jemanden rufen und schaute vom Spülbecken hoch. Das war doch nicht zu glauben! Anne und Loisl. Da standen sie vor der Theke und freuten sich diebisch über ihren gelungenen Überraschungscoup. Sie hatten ganz unbedingt sehen wollen, wie Hanne denn mit Schürze aussah. Und ob sie auch wirklich nicht nur herumsaß.

Die hatte der Himmel geschickt. Der schickte dann auch gleich darauf die Kollegin und so kam es, dass Hanne doch noch zum Herumsitzen kam. Allerdings außerhalb der Arbeitszeit.

Karfreitag

Hanne vermisste etwas. Die Kirchturmuhr ging zwar noch, wie von ihrem Fenster aus unschwer zu erkennen war, doch sie schlug seit gestern Abend nicht mehr. Weder die Viertel- noch die vollen Stunden wurden kundgetan. Hühner und Vögel hielten sich allerdings hörbar nicht ans Gebot der

Stille, das die katholische Kirche für die Zeit der Leidenstage Christi verhängt hatte. Weiterhin krähte, gackerte und zwitscherte es rundum.

Wenn diese Viecher doch bloß den Schnabel hielten! Minute um Minute ging ihr das tierisch muntere Treiben draußen mehr auf die Nerven. Karfreitag war nicht lustig und der heutige schon mal gar nicht. Ostern stand vor der Tür und sie würde dies Jahr zum ersten Mal ganz allein sein an diesem Fest.

Immerhin war ihr Großer einige Tage zu Besuch gewesen, gestern aber bereits weitergefahren nach Köln, um die Feiertage mit seinen Freunden zu verbringen. Und mit seinem Vater, der doch wahrhaftig beschlossen hatte, mit seiner derzeitigen Tussi zusammenzuziehen. „Viel Glück", murmelte Hanne, voll bewusst, dass sie den beiden genau das gerade nicht wünschte. So weit war sie noch nicht.

Sie seufzte tief auf. Karfreitag. Ja, ihre Stimmung passte. Wehmütig dachte sie an den jüngeren Sohn, der heute ebenfalls auf dem Weg nach Köln war und erst nach Ostern herkommen würde, um zu sehen, wohin es seine Mutter verschlagen hatte. Eigentlich hätte sie beide Söhne gern zusammen gesehen. Eigentlich auch an den Feiertagen. Aber die beiden wollten offensichtlich lieber die gerade eben noch „sturmfreie" Bude des Vaters nutzen. Recht hatten sie. Wer wusste schon, wie sich in Zukunft das Zusammensein mit der Tussi gestalten würde. Sollten sie ihren Vater ruhig noch einmal solo haben. Immerhin wusste sie so viel von Psychologie, dass Söhne nicht nur ihre Mutter, sondern auch ihren Vater brauchen.

Eigentlich hätte auch sie jemanden gebraucht. Aber alle, die sie bis jetzt kennengelernt hatte, machten an den Feiertagen in Familie. Auch Peter würde zu seinen Eltern nach München fahren.

Immer noch stand Hanne am Fenster. Regungslos. Lustlos. Leider jedoch nicht gedankenlos. Draußen herrschte wieder einmal dunkelgraue Trübnis. Passte perfekt. Wie kam sie nur raus aus diesem Schmoren im eigenen Saft?

Plötzlich bemerkte sie, dass es immerhin aufgehört hatte zu nieseln. Sie gab sich einen Ruck und machte sich auf zu einem Gang durchs Dorf. Bis auf die lärmenden Vögel war es völlig still. Karfreitagsstill. Kein Mensch auf der Straße. Kaum Autos. Richtig unheimlich.

Ob in Prien mehr los war? Hanne holte das Rad aus dem Keller und fuhr hin.

Nein, auch hier war nicht viel los. Voller Sehnsucht dachte sie an Köln, sah im Geiste das Postkartenbild vom Dom an der Eisenbahnbrücke über den Rhein. Der Dom. Weltkulturerbe. Im 19. Jahrhundert für einige Jahre das höchste Gebäude der Welt und in diesem Jahrhundert immerhin die meistbesuchte Sehenswürdigkeit Deutschlands. War doch was! Wahrscheinlich knubbelten sich auf der Domplatte gerade die Touristen. Einen Dom wie den in Köln gab es eben keinen zweiten auf der Welt.

In Prien gab es überhaupt keinen Dom. Aber eine Kirche. Ob sie einmal hineingehen sollte?

Hanne drückte die schwere Tür auf und trat ein. Barock und Gold. Ach, wie gerne wäre sie jetzt stattdessen im Kölner Dom, diesem Meisterwerk der Gotik. Wie gern sähe sie jetzt auf den goldenen Dreikönigsschrein. Fühlte sich so Heimweh an? Nach einer Stadt, in die man eigentlich nicht zurückwollte? Eigentlich. Was für ein blödes Wort.

Da stand sie nun also nicht im ehemals heimischen Dom zu Kölle, sondern in der Kirche zu Prien, in der sie sich gerade kein bisschen heimisch fühlte. Aber wenigstens war sie hier nicht mehr so ganz allein. Nahe den Beichtstühlen saßen Gläubige in den Bänken und warteten darauf, die Last ihrer Sünden loszuwerden. So hatte auch sie als Kind einst gesessen und darauf gewartet, ihre Schandtaten beichten zu können. Viel war ihr gewöhnlich nicht eingefallen, oft hatte sie etwas dazu erfunden und konnte dann wenigstens ganz ehrlich sagen, sie hätte gelogen.

Einem Impuls folgend, nahm Hanne Platz in einer der hinteren Bänke. Es war immer noch Fastenzeit und so auch hier der Hochaltar mit einem lila Tuch verhängt, wegen des Karfreitags war zusätzlich auch noch der Tabernakel offen und leer.

Hannes Gedanken wanderten erneut in die Kindheit zurück. Sie sah es wieder vor sich, das Glas mit den Süßigkeiten, die bis zum Ostersamstag aufbewahrt werden mussten, die kleinen Schokolädchen, aber auch die Lutscher und Bonbons, die, da leider oft hüllenlos, am Ende nur noch mühsamst auseinander zu bekommen waren.

Die Beichtstuhltür ging auf, jemand kam heraus, jemand anders ging hinein. Sie war schon lange nicht mehr beichten gewesen. Nicht nötig.

Genau in diesem Augenblick fiel ihr ein frommer Wunsch ein, der eigentlich eine glatte Lüge gewesen war. „Alles Gute". Im Geiste sah sie sich jetzt doch vor dem hölzernen Gitter sitzen. „Ich habe meinem Ex Böses gewünscht und seiner Jetzigen gleich mit", hörte sie sich murmeln.

Nein, das konnte ihr kein Beichtvater vergeben. Das musste sie sich schon selber vergeben, was aber leider Gottes gerade nicht ging.

Plötzlich fühlte Hanne sich befangen in der Nähe der Gläubigen, die in den Bänken saßen oder knieten und offensichtlich eher als sie bereit waren, sich ihre Fehltritte wenigstens vom lieben Gott verzeihen zu lassen, und sie verließ die Kirche.

Sollte sie noch einen Blick werfen in die Kapelle nebenan? Sie trat durch die Tür und befand sich in einem dunklen Vorraum, nur notdürftig erhellt von den Flämmchen der kleinen Lichter vor den beiden Grotten rechts und links. In der einen rang ein kniender Jesus die Hände, in der anderen stand aufrecht eine betende Muttergottes.

Hanne ging weiter und in die Kapelle hinein. Wie dunkel es auch hier war. Die Fenster waren alle verhängt, nur einige wenige Kerzen leuchteten. Sie tat einige Schritte Richtung Altar und prallte zurück. Oh Gott! Ein Toter. Im ersten Moment sah die in weiße Tücher gehüllte Gestalt auf der Erde so aus wie ein zu Grabe getragener Leichnam zur Zeit Christi. Aber natürlich! Genau das wurde hier dargestellt.

Hanne gruselte es und sie kehrte schleunigst in den Vorraum zurück. Irgendwie zog es sie zur Grotte der Gottesmutter. Ohne ihr bewusstes Zutun griff die rechte Hand in die Tasche, zückte das Portemonnaie, kaufte drei Lichter und zündete sie an. Wofür?

Wenn sie das mal gewusst hätte. Vielleicht … vielleicht war ja eins für sie selbst … vielleicht war ja auch eins für den Ex … und ganz vielleicht war sogar eins für seine Jetzige.

Eine Weile noch schaute Hanne dem Flackern der Lämpchen zu, dann verließ sie den von brennenden Kerzen und vermutlich nicht minder brennenden Wünschen gut gewärmten Raum und fuhr über den Marktplatz. Die Bäckerei hatte geschlossen, Café und Restaurant aber waren offen. Nein, eigentlich hatte sie keine Lust, irgendwo einzukehren. Da würde sie ja doch nur allein herumsitzen. In die Wohnung zurück? Eigentlich hatte sie auch dazu keine Lust. Aber was um Himmels willen wollte sie denn eigentlich?

Endlich aufhören, das Wort eigentlich zu denken. Warum nur kam es ihr ständig in den Sinn? Sollte es abmildern, was sich sonst zu schmerzlich anfühlen würde? Dann half es nur ganz minimal, beförderte sie stattdessen immer wieder aufs Neue in die Unzufriedenheit. Oh verdammt, da hätte sie beinahe einem blank geputzten Taxi ordentlich was vom Lack abgekratzt. Besser aufpassen! Nicht nur auf das unaufhörliche Gerede im Kopf, sondern auch auf das Geschehen außerhalb desselben.

Was stand auf dem Plakat an der Litfaßsäule? „Frohe Ousdan". So weit war es ja nun wirklich noch nicht. Aber eigentlich konnte sie sich das ruhig schon mal wünschen. Manchmal gingen Wünsche ja sogar in Erfüllung.

Oh, die Magnolie. Wie wundervoll die rosa-weißen Blüten durchs Grau schimmerten. Ebenso die hellgrünen Blattknospen an den Sträuchern und Bäumen rundum. Eigentlich war heute auch nicht alles nur grau. Eigentlich war es schon viel heller geworden in ihr und um sie herum. Eigentlich war das Leben hier insgesamt doch ziemlich schön. Und eigentlich fand sie das Wort eigentlich auch gar nicht mehr schlimm. Eigentlich.

1.Mai

Gestern Abend noch hatte der Wetterbericht für heute Schauer und Gewitter vorausgesagt, doch wie sich das für diesen Tag auch so gehörte, war der Himmel blitzeblau und die Sonne gab ihr Bestes, um dem Feiertag den nötigen Glanz zu verleihen.

Gut gelaunt radelte Hanne vor sich hin. Sie war keineswegs allein unterwegs, die Straße war voller Autos und Motorräder. Feiertag und schönes Wetter, das nutzten viele für einen Ausflug. Sofern sie sich nicht anderweitig vergnügten. Auf irgendwelchen Kundgebungen. Oder beim Maibaumaufstellen.

Maibäume kannte Hanne bereits aus dem Rheinland. In der Nacht zum 1. Mai bekamen die jungen Mädchen von ihren Verehrern einen mit bunten Bändern geschmückten Baum ans Haus gebunden, den die edlen Ritter am 1. Juni wieder abholten, sofern sie für sich und ihre Helfershelfer einen Kasten Bier spendiert bekamen.

Wie Hanne inzwischen wusste, gab es diesen Brauch in Bayern nicht. Statt vieler kleiner Birkenbäumchen für viele nette junge Mädchen gab es einen einzigen großen, mitunter über 30 m hohen Baum, der von den ortsansässigen Männern am 1.Mai mit viel Trara mitten im Dorf aufgestellt wurde. Nur zu oft waren diesem Ereignis allerdings bereits wahre Dramen vorausgegangen. War der gefällte Baum nicht gut genug bewacht und deshalb heimlich, still und leise von benachbarten Burschenschaften geklaut worden, so musste er in langwierigen Verhandlungen wieder ausgelöst werden. In der Regel war der Preis für den Baum in Naturalien, bevorzugt in Bier, zu zahlen und wurde gewöhnlich bei der Übergabe gemeinsam konsumiert.

Damit unter ihm in den Mai getanzt werden konnte, war der Maibaum in Hannes Dorf bereits gestern Abend errichtet worden, doch sie hatte gehört, dass er im Nachbarort erst heute aufgestellt werden sollte, und dieses urbayerische Spektakel wollte sie sich nicht entgehen lassen.

Also fuhr sie jetzt Hügel hinauf und wieder hinab und kam genau rechtzeitig an am großen Parkplatz, auf dem sich der Festzug bereits formiert hatte.

Die Blaskapelle spielte ein erstes Ständchen und marschierte auf die Straße, der Trachtenverein schloss sich an, Glocken bimmelten an den Hälsen der beiden Pferde, die nun auf Trab gebracht wurden, um einen ellenlangen Maibaum auf Rädern ebenfalls auf die Straße zu befördern. Dort kam der Aufzug jedoch erst einmal wieder zum Stillstand, was es Hanne ermöglichte, die Trachtenpracht um sie her zu bewundern. Schon die kleinen Kinder trugen Tracht, und alle hatten sie einen hellen Busch auf ihrem Hütchen und sahen so richtig keck aus darunter.

He, was ging denn da auf der Straße vor! Das konnte doch wohl nicht wahr sein! Da setzten sich all die herumstehenden jungen Männer, einer nach dem anderen, rittlings auf den Baumstamm. Alles kräftige Burschen, die ja wohl noch gut zu Fuß gehen konnten. Die armen Pferde!

Da! Es ging weiter. Die Kapelle spielte und setzte sich wieder in Bewegung, und jetzt, nein, jetzt sprangen doch glatt noch mehr durchaus gehfähige junge Männer auf den Maibaum, und erst danach, bim, bim, bim, wurden die Pferde wieder in Gang gebracht, und, eskortiert von einem Polizeiwagen vorneweg und einem Feuerwehrauto hinterdrein, bewegte sich der Zug langsam über die Hauptstraße. Gemessen schritten die Trachtendamen auf ihren Pumps dahin, etwas lockerer die Herren in ihren glänzend schwarzen oder braunen Wildlederhosen. Scherzworte flogen hinüber zu den auf dem Bürgersteig mitmarschierenden Schaulustigen, zu denen sich Hanne, wollte sie das Geschehen mitbekommen, nun leider auch zählen musste.

Ach, du grüne Neune, ihr Vordermann hatte ja zitronengelbe Schuhe an. Was der sich traute! „Oh, Verzeihung", jetzt war sie ihm glatt auf die Hacken aufgelaufen. Warum blieb der Zug auch so plötzlich stehen! Ach so, eine Kurve. Und dahinter der Kirchplatz. Und ein Kran. Ein knallroter Kran. Hatte der nur eine Hilfsfunktion? Oder doch eher eine erhebende? Da war sie jetzt aber mal gespannt.

Die Blasmusiker gaben die nächste Weise zum Besten, all die gesunden jungen Männer sprangen vom Maibaum herab und reihten sich längs des geschälten, blau-weiß-bemalten und mit Tannengrün umwundenen Stammes auf.

„Gehen S` da lieber weg, der Baum schwenkt aus", wurde sie mitsamt den übrigen Umherstehenden zurückgescheucht und tatsächlich, der Baumstamm stieß fast schon an die Häuserwände, als er die Kurve nahm.

Bim, bim, bim, die Pferde wurden ausgespannt und weggeführt, die jungen Männer rollten den Baum in die fürs Aufstellen nötige Position nahe einer fest im Boden verankerten metallenen Halterung, Männer mit langen Pfählen traten vor, ein Pfiff ertönte, die ganz jungen Jungmänner wurden nach vorn, in diesem Fall ans untere, dicke Ende des Maibaums beordert, dann lagen die Pfähle, Hanne hatte nur einen kurzen Moment weggeschaut, plötzlich unter dem Baum, dem nun die Ziergirlande abgenommen wurde, an dem herumgemessen und herumgebohrt wurde, der dann, die Blaskapelle setzte wieder ein, Spannung wurde fühlbar, mit Hilfe der untergelegten Stangen angehoben und in die Halterung geschoben wurde, wo er, immer noch in der Waagerechten, sorgfältig befestigt wurde, ehe es mit ihm in die Höhe gehen würde.

Alle standen wartend herum. Heiß war es unter der prallen Sonne. Plötzlich, Hanne hatte wieder einmal die Augen zu den Zuschauern rundum wandern lassen, standen mehrere Kästen Bier bei den untätig herumstehenden Jungmännern, die nun endlich

97

wieder etwas zu tun hatten. Kronkorken flogen, Flaschen wurden angesetzt. Prost.

Hanne fuhr sich mit der Zunge über ihre ausgetrockneten Lippen. Aber sie gönnte ihnen das kühlende Bier. Wer gleich noch kräftig zulangen musste, der durfte nicht vorher Durst leiden. Einen Schwächeanfall konnte sich jetzt wahrhaftig keiner der Männer leisten. Wie sie den Stamm wohl in die Senkrechte bringen würden?

Da! Jetzt bewegte sich etwas. Nein. Nicht die trinkenden Jungmänner. Der Kran. Er hob eine lange Schlinge in die Luft, höher und höher, senkte sie dann wieder, tiefer und tiefer, die Schlinge wurde am Baum befestigt, die Blaskapelle spielte, erneut wurde Spannung fühlbar, und ganz langsam wurde der Baum in die Senkrechte gehoben. Und die gesamte Burschenschaft, die Flaschen lässig in der Hand, schaute zu. Diese Flaschen!

Vor Hannes Augen schrumpfte das urbayerische Spektakel der Darstellung männlicher Muskelkraft zur Vorführung eines einzelnen Kranführers, der den Baum nun, trotz seines Schwankens und Wankens, mit Maschinenkraft gekonnt in die Aufrichtung bugsierte. Es knarzte und stöhnte ganz jämmerlich unten am Stamm, doch schließlich war er, zack, sicher in der Halterung gelandet und das Werk vollbracht. Es wurde geklatscht, die Blasmusik spielte noch einmal auf und das war`s ja dann wohl.

Etwas enttäuscht wandte Hanne sich ab und wollte gerade den Ort des Geschehens verlassen, als ihr erneut die Zitronenschuhe ins Auge stachen. Der Mann war nur wenige Schritte entfernt und machte ein Foto nach dem anderen. Und plötzlich war das Objektiv voll auf sie gerichtet. „Nicht", sagte Hanne und hob instinktiv die Hand vors Gesicht.

„Warum nicht?", fragte der Fotograf, kam herüber und stellte sich ihr vor als Mitarbeiter der hiesigen Tageszeitung, für deren Lokalteil er hier stand.

„In diesen Schuhen?", entfuhr es Hanne.

„Warum nicht?", sagte der Fotograf ein zweites Mal und erzählte lachend, dass er vor Jahren an einem größeren Yoga-Event hatte teilnehmen müssen. „Die Schuhe mussten im Vorraum ausgezogen werden und nachher fand ich meine nicht mehr wieder. Seitdem gehe ich zu Großveranstaltungen nur noch mit diesen Schuhen."

„Großveranstaltung?"

Nun ja, so konnte man das hier nicht unbedingt nennen. Bisher war auch noch keine Aufforderung ergangen, die Schuhe auszuziehen. Aber, mal ganz ehrlich, der Niedergang bayerischen Brauchtums an manchen Orten konnte einem schon die Schuhe ausziehen und die Socken gleich mit. Oder sah sie das anders?

Nein, das sah Hanne sehr ähnlich und erfuhr, dass sie beide mit dieser Ansicht auch keineswegs allein waren: „Gut, dass mein Opa das nicht miterleben musste. Da hätte er gleich wieder sagen können, das hätte es früher niemals gegeben, die bayerischen Männer seien eben schon lange nicht mehr das, was sie einmal waren. Er muss es wissen, ist gestern neunzig geworden."

Ob der Herr von der Zeitung wohl wusste, was für eine Bewandtnis es mit den länglichen Schildern drüben an der Hauswand auf sich hatte?

Aber nein, das waren doch keine Schilder. Das waren die Quersprossen vom Maibaum, geschnitzte und bemalte Zunftzeichen, die Auskunft gaben über die Handwerksbetriebe im Ort.

Und wie kamen die nun an den Baum? Und wie kam die Kranschlinge wieder ab vom Baum?

„Das machen die da", wies der Fotograf hinüber zur Feuerwehr, die soeben auf den Kirchplatz gefahren kam, und fragte sich dann laut, ob er sich das jetzt etwa auch noch ansehen müsse. Die Antwort kam ihm sofort. Er packte die Kamera fort, reichte Hanne seine Visitenkarte, für den Fall, dass sie zu irgendeinem Anlass doch einmal in der Zeitung zu sehen sein wollte, und ging.

Kaum war er auf und davon, stellte sich auch für Hanne die Frage, ob sie sich den Rest vom Fest wirklich noch anschauen mochte und auch für sie lautete die Antwort ganz klar „Nein". Das Begleiten eines Maibaumaufstellens unter einer Äquatorsonne machte fürchterlich durstig und sie hatte jetzt lange genug hier herumgestanden und geschwitzt. Und nichts zu trinken bekommen. Hätte kühles Nass nicht auch für die Zuschauer gebracht werden müssen? Waren die nicht genauso wichtig wie die jungen Burschen? Was wäre das Aufstellen des Maibaums ohne die Zuschauer! Eine ziemlich fade Angelegenheit. Vielleicht würde sie einen Leserbrief an die Lokalzeitung schicken. Vielleicht wäre dann zwar nicht ihr Gesicht, aber doch wenigstens ihr Name in der Zeitung.

Gefährliche Gegend

Hanne und Anne waren auf Radtour zum Simssee. Anne hatte derart geschwärmt von diesem „überaus malerisch gelegenen" See, dass Hanne sich nun endlich selbst ein Bild machen wollte. Begleitet vom vielstimmigen Gezwitscher der Vögel, den Rufen der Raubvögel und dem Krähen der Hähne fuhren sie durch mehrere kleine Ortschaften, folgten dann dem Schild „Simsseeblick", das sie zu Hannes Schrecken bald auf einen unbefestigten Fahrweg mit tiefen Spurrillen lotste. Bloß nicht fallen jetzt! Direkt neben dem Weg fiel die Böschung nahezu senkrecht ab zu einem Bach tief unter ihnen. Und prompt glitt ihr Vorderrad ab und schwenkte aus.

Hanne blieb beinahe das Herz stehen, doch zu ihrem Glück reagierte ihr Körper sofort und fing den drohenden Sturz mit einer Gegenbewegung ab. Das war gerade noch mal gut gegangen. Die Gegend war zwar wunderschön, hielt aber offensichtlich auch einige Herausforderungen bereit für ein Hasenherz, wie sie eins hatte, zumindest in unbekannten Gefilden und ungewohnten Situationen. In Köln fuhr man auf Teer und alles war wunderbar flach.

Zu Hannes Erleichterung tauchte nun aber endlich der See auf. Nur noch ein paar Meter, dann standen sie vor ihm. Weit und groß lag er da, in seiner glatten, klaren Oberfläche spiegelten sich Himmel und Ufer, umhüllt von dichten, weißen Schleiern ragten in der Ferne die Berge auf. Ein wahrlich märchenhafter Anblick.

Still war es hier. Ein paar Ruderboote lagen am Ufer, ein paar Enten schaukelten auf den sanften Wellen, Sandbänke ragten aus dem Wasser, abgestorbene Schilfhalme wehten leise im Wind, ein einziges kleines Ruderboot fuhr weit draußen auf dem See. Schweigend schauten die Frauen aufs Wasser, aufs blaue, unergründliche, und als sie genug geschaut hatten, stellte Anne die Frage: „Zurück oder noch a bisserl weiter?"

Hanne sah fragend zu den Bergen hinüber, doch die hüllten sich weiterhin in Dunst und Schweigen. Da musste sie wohl selbst entscheiden, was sie wollte. Okay, sie wollte weiter. Aber wohin weiter?

„Nach Hirnsberg hinauf", entschied Anne kurz entschlossen und fuhr los. Hanne folgte. Hirnsberg?

Noch nie gehört. Hinauf? Hm. Aber gut. Sie würde sich überraschen lassen.

Hirnsberg, zumindest sein über die Baumwipfel ragender Kirchturm, war schon von weitem zu sehen und je näher sie kamen, desto deutlicher war zu erkennen, dass der Ort, wie der Name schon andeutete, tatsächlich auf einem Berg lag.

Sollte sie da etwa hochfahren? Würde sie nicht. Um nichts in der Welt. Sie kannte ihre Grenzen. Über die würde sie weder hinausgehen noch hinausfahren. Dabei, sie musste es sich widerwillig eingestehen, kannte sie ihre Grenzen gar nicht wirklich, hatte sich ihnen nur selten genähert. Aber heute und bei dieser Steigung würde sie es auf keinen Fall tun. Auch nicht Anne zuliebe. Diesen Berg hochzufahren wäre glatter Selbstmord. Doch noch liebte sie das Leben. zumal es hier im Chiemgau gerade wieder eine recht freudvolle Färbung angenommen hatte. Wann Peter wohl wieder einmal Zeit haben würde für sie? Ursprünglich hatten sie gestern etwas unternehmen wollen miteinander, doch dann war er kurzfristig auf Geschäftsreise geschickt worden und aus war`s gewesen mit dem Ausgehen.

„Na?" Anne, die Sportliche, stand abfahrbereit.

„Naa", antwortete Hanne ihr mit dem einzigen bairischen Wort, das ihr neuerdings manchmal ganz spontan über die Lippen kam, und schüttelte zur Bekräftigung den Kopf.

Anne schaute enttäuscht drein, fasste sich jedoch schnell wieder. „Na gut, dann fahre ich eben allein hoch, aber ich zeige dir vorher noch einen Fußweg, dann brauchst du nicht die Straße hochzuschieben und auch nicht unten auf mich zu warten. Komm mit."

Hanne kam gern mit, erleichtert über die Alternative, die sich da aufgetan hatte. Anne brachte sie zu einem Platz, an dem sie ihr Rad abstellen konnte, zeigte ihr den Anfang des Pfads nach Hirnsberg hoch, ging zu ihrem Rad zurück und fuhr pfeifend davon.

Ein klein wenig neidisch auf Annes Sportlichkeit sah Hanne ihr nach und wandte sich dann dem Pfad zu, der sie auf angenehmere Weise auf den Berg bringen würde. Steil war er allerdings schon. Und das nicht zu knapp. Puh! Es dauerte nur wenige Minuten bis Hanne die Puste ausging. Aber genau an diesem Platz stand zum Glück eine Bank, auf die man sich fallen lassen konnte.

Nach einer kurzen Verschnaufpause stieg Hanne weiter hoch. Es war weiterhin steil. Und leider weit und breit keine Bank mehr in Sicht. Nur noch Stufen. Holzstufen. Wurzelstufen. Erdstufen. Ein Eichhörnchen zur Rechten. Noch eins zur Linken. Ansonsten war sie ganz allein im Wald. Ganz allein? Schon schaltete sich Hannes Verstand ein. „Gehen. Nicht denken." Und folgsam ging sie weiter.

Eine Kreuzung. Aber kein Wegweiser. Sie überlegte kurz, schlug dann den etwas ausgetreteneren Pfad ein und kam nach einer Weile tatsächlich oben an. Rundum Wiesen. Kein Kirchturm in Sicht. Auch keine Ortschaft.

Wie blöd. Jetzt hatte sie also doch den falschen Weg genommen. Zurückgehen bis zur Kreuzung? Oder einfach weitergehen? Aber wenn sie sich dann noch weiter verlief? Sie war nie bei den Pfadfindern gewesen und so war ihr Orientierungssinn mangels Übung im Laufe der Jahre eher schlechter als besser geworden.

Sie entschied sich zum Weitergehen. Irgendwohin würde dieser Weg sie schon führen. Und das tat er denn auch. Ein Bauernhof tauchte auf, dahinter eine Ortschaft, und mitten darin die Kirche. Sie war also doch ganz richtig gegangen. Ihr Unbewusstes hatte Bescheid gewusst.

Ob Anne schon da war? Nein, war sie nicht. Hanne setzte sich auf die Holzbank vor einem ehemaligen Lebensmittellädchen ohne Schaufenster, aber mit zwei großen Milchkannen vor dem Haus. Ein Anblick wie vor fünfzig Jahren. Genauso hatten die Milchkannen vor dem Bauernhof gestanden, in dem sie als Kind mit den Eltern fast jedes Jahr die Sommerferien verbracht hatte.

Anne. Da kam sie ja. Du lieber Himmel, wie sah die denn aus! Mit hochrotem Kopf und sichtlich nur noch mit purer Willenskraft arbeitete sie sich die letzten Meter der steilen Straße hoch, ehe sie neben Hanne auf die Bank fiel. Sie war völlig hinüber. Der Schweiß lief ihr nur so übers Gesicht. Dafür hatte sie jetzt allerdings die Genugtuung, es geschafft zu haben. Und nach einem zweiten Blick in ihr Gesicht hatte Hanne die Genugtuung, sich das nicht angetan zu haben.

Wortlos reichte sie der erschöpften Gefährtin ihre Trinkflasche hinüber, die diese wortlos auf einen Zug leerte, und weiterhin wortlos saßen sie noch eine Weile auf der Holzbank und schauten den Radrennfahrern zu, die, einer nach dem anderen, schwitzend um die Kurve kamen, kurz anhielten, um sich mit Flüssigkeit zu versorgen, und dann sofort wieder aufbrachen. Ihren Kommentaren zufolge war es nicht allen leicht gefallen, ohne einen kurzen Halt hier hochzukommen.

Hanne schaute zu Anne hinüber und sah in ihren Augen Stolz aufleuchten. Hatte sie doch etwas geschafft, was sogar Radrennfahrern nicht leicht fiel. „Gratuliere", sagte Hanne.

„Danke", erwiderte Anne, richtete sich auf und lächelte würdig, der eben erbrachten Leistung angemessen. Gerade wollte sie aufstehen, als ihr Handy klingelte. Sie warf einen kurzen Blick aufs Display, sagte: „Loisl, der findet sicher schon wieder was nicht", holte tief Luft und meldete sich. "Wo das Pflaster ist? Ja, wo es immer ist ... im Bad, im Spiegelschrank ... linke Tür, unterste Schublade ...

Du hast dich geschnitten? … So richtig tief? Du Armer … Es läuft? Du hast schon die ganze Küche vollgetropft? Dann geh endlich ins Bad und mach was drauf! … Dir ist schlecht? Du kannst kein Blut sehen? Dann schau doch nicht hin … Nein, Loisl, für Erste-Hilfe-Maßnahmen bin ich nun wirklich zu weit weg. Das schaffst du auch allein. Also Servus, Lieber."

„Männer!", sagte Anne und schüttelte den Kopf. „Männer!"

Hanne nickte. Sie hatte auch einmal so einen gehabt, der am liebsten gleich den Notarzt gerufen hätte, wenn ihn mal etwas zwickte. Frauen waren da entschieden tapferer.

Sie schaute zu Anne hinüber. „Wieder fit?"

„Ja, so einigermaßen", nickte Anne und nachdem sie zugesagt hatte, unten zu warten, nahm jede ihren Rückweg in Angriff.

Bergrunter ging es entschieden leichter und das Gehen machte Hanne bald so viel Freude, dass sie am liebsten wie Anne eben gepfiffen hätte, was sie aber leider nicht konnte, so dass sie es bei einem leisen Summen beließ.

Plötzlich erstarrte sie. Da! Was war das! Dies Rascheln im Unterholz ... Da! Wieder! … Jetzt noch näher! Wildschweine? Von denen sollte es laufend mehr geben in der Region. Vor wenigen Wochen erst hatte sie es im Gemeindeblättchen gelesen. Was tun! Auf gar keinen Fall auf sich aufmerksam machen … Schon wieder ein Rascheln. Jetzt aber Gott sei Dank weiter weg. Da hatte sie ja noch einmal Glück gehabt.

Wie still es war um sie herum. Unheimlich still … Und da! Sah sie da hinten im Gestrüpp nicht ein Paar Augen zu ihr herüberstarren? Grüngelbe Augen in einem eisgrauen Fell? … Oh Gott! Hatte sie letzte Woche nicht auch von einem Wolf gelesen, der im Inntal seine blutigen Spuren hinterlassen hatte? So weit weg war dieses Tal nun auch wieder nicht. Es mit dem Priental zu vertauschen würde einem Wolf sicher nicht allzu schwer fallen. Hilfe!

Genau in diesem Moment meldete sich endlich wieder Hannes gesunder Menschenverstand und empfahl ihr, noch einmal ganz genau hinzuschauen. Also schaute sie noch einmal ganz genau hin. Aber es gab nichts zu sehen. Keine grüngelben Augen. Kein eisgraues Fell. Gestrüpp eben.

Nur ganz allmählich beruhigte sich Hannes wild klopfendes Herz und noch länger dauerte es, bis sie sich über sich selber wundern konnte. Über sich selber lachen konnte sie allerdings erst, als sie Anne die ganze Geschichte erzählte.

„Frauen!" sagte die nur und schüttelte gleich noch einmal den Kopf. „Stadtfrauen!" Dann warf sie Hanne einen aufmunternden Blick zu. „Das wird schon noch. Geh öfter allein in den Wald und pfeif dir ein kleines Liedchen, wenn du vor etwas Angst bekommst."

Hanne nickte. Okay. Ab heute würde sie das Pfeifen üben. Fraglich, ob sie es jemals so gut können würde wie Anne. Bei der hatte es vorhin schon fast professionell geklungen. Ob sie oft pfiff? Ohooo. Ob ihr die Bergfahrt vorhin insgeheim nicht doch ein wenig Sorge gemacht hatte? Was sie sicher so schnell nicht zugegeben hätte. Immerhin traute sich Anne gewöhnlich entschieden mehr zu als Hanne. Aber auch Anne war nur ein Mensch. Manchmal war sie ein wenig ruppig, ja, aber sie hatte das Herz auf dem rechten Fleck.

Und sie war nicht dumm. Jetzt warf sie Hanne einen aufmerksamen Blick zu. „Was denkst du gerade? "

„Na, ich …"

Dir ist eingefallen, dass ich eben gepfiffen habe. Stimmt`s? Ja, ich wusste echt nicht, ob ich das ohne Schieben schaffe. Aber ich hab`s probiert. Und ich hab`s geschafft. Irgendwann schaffst du das auch. Du musst nur fleißig trainieren."

Hanne nickte noch einmal. Ja, sie würde ab jetzt fleißig trainieren. Aber nur das Pfeifen. Das würde sie nur zu gerne können.

Übernommen

Hanne war schon wieder auf einer Radtour. Gestern Abend hatte es doch noch einmal geklappt mit dem Ausgehen, und weil der Wetterbericht zum heutigen

Samstag nur Gutes prophezeit hatte, waren Hanne und Peter beim Auseinandergehen spontan auf die Idee gekommen, diesen Tag für eine gemeinsame Radtour zu nutzen. Sie waren zeitig aufgebrochen und schon nach kurzer Zeit fand Hanne die Fahrt durch die grüne Maienlandschaft einfach nur noch wundervoll. Was keineswegs ausschließlich an ihrer Begleitung lag. Es gab so viel zu sehen für das einstige Stadtkind. Wiesen voller Löwenzahn, frisch umgebrochene Äcker, blühende Obstbäume und schmucke Bauernhöfe. Mancherorts schwelgte die Natur förmlich im Farbenrausch. Ein knallgelbes Rapsfeld inmitten knallgrüner Wiesen unter einem knallblauen Himmel. Wunderschön.

Das dachte Hanne nicht nur immer wieder, das sprach sie auch immer mal wieder laut aus und jedes Mal stimmte Peter ihr zu, hörbar erfreut, dass sie seine Wahlheimat ebenso mochte wie er.

Einträchtig radelten sie Richtung Chiemsee, wollten den Uferweg fahren, allerdings nur bis Übersee, für den ganzen Rundweg, immerhin ungefähr 60 km, fühlte sich Hanne noch längst nicht fit genug.

Umleitung. Okay. Sie fuhren die Umleitung. Und verloren die Hinweisschilder zum Uferweg völlig aus den Augen. Stattdessen fiel ihnen nach einiger Zeit ein Hinweisschild nach Bernau auf. Lag doch auch am Chiemsee. Also weiter. Auch in Bernau fand sich weit und breit kein Hinweisschild zum

Uferweg, aber eins, das sie auf das nur wenige Kilometer entfernte Rottau aufmerksam machte.

Hanne und Peter sahen sich an. Den Weg suchen zurück zum blauen Chiemsee oder mal einfach ins Blaue hinein radeln?

Einmütig entschieden sie sich fürs Blaue, hier Rottau genannt, radelten lustvoll weiter durch frisch gemähte oder hahnenfußgelbe Wiesen und an still dahinfließenden Bächen entlang, von deren Ufern ihnen Akeleien und Schwertlilien in lila und blau entgegenleuchteten.

Es war heiß, Hanne hatte in der Nacht, der Himmel wusste hoffentlich warum, nicht viel geschlafen, fühlte sich aber so fit, dass sie nichts dagegen einzuwenden hatte, als Peter in Rottau vorschlug, noch ein paar Kilometer weiterzufahren. Nicht lange und sie waren in Grassau, wo sie sich zunächst bildungsbeflissen die Zwiebelturmkirche voll Stuck, Bilder und Figuren anschauten, um dann über die Hauptstraße zu bummeln. Am Ortsausgang fiel Hannes Blick auf ein Straßenschild. Marquartstein 2 km. Nur 2 km bis hin? Zu ihrem eigenen Erstaunen fühlte sie sich immer noch gut und hatte große Lust, auch noch zu diesem Ort zu fahren. Peter schien ebenfalls etwas erstaunt, war aber natürlich gerne bereit, sie zu begleiten.

In Marquartstein gönnten sie sich eine kurze Pause, aßen die mitgenommenen Brote und schauten sich anschließend um nach der Burg, die es Peter zufolge hier geben sollte. Wo war sie nur? Zu sehen war sie jedenfalls nicht.

Und jetzt? Auf demselben Weg zurück? Oder über Übersee, ihr ursprüngliches Ziel? Höchstens acht oder neun Kilometer waren es bis hin. Alles ganz flach. Bei ihrer derzeitigen Kondition würde Hanne das spielend schaffen. Da war Peter sich sicher.

Hanne war sich da nicht so sicher, mochte sich aber, gerade erst gelobt, keine Blöße geben und so hielten sie Ausschau nach einem Radweg nach Übersee.

Sie fuhren hin, sie fuhren her, überquerten den Fluss, die Ache, wie Peter wusste, landeten im malerischen älteren Teil des Ortes und mitten drin in einem Freiluftkonzert. Durch ein weit geöffnetes Fenster drang Klavierspiel an ihre Ohren. Da spielte hörbar ein Könner.

Hanne und Peter stellten die Räder ab und setzten sich auf eine Bank nahebei. Und sahen die Burg. Da war sie ja. Vor ihren Augen lag sie am Hang.

Mit Blick auf die Burg saßen sie still auf der Bank und lauschten den zu wunderschönen Melodien verwobenen Tönen, die unaufhörlich weiter durchs offene Fenster perlten.

„Mozart", sagte Peter.

Hanne sagte nichts.

Da saßen sie nun. Seite an Seite. Bis das Konzert zu Ende war.

Peter stand auf, reichte Hanne die Hand und half ihr auf die Füße. Nicht, dass sie das nötig gehabt hätte.

Er war eben Kavalier. Sie hätte es auch nicht nötig gehabt, an der Hand zum Fahrrad geführt zu werden. Aber wenn es ihm Freude machte, konnte er sie gerne an die Hand nehmen. Von ihr aus stundenlang. Es dauerte jedoch leider nicht einmal eine Minute, dann waren sie wieder bei den Fahrrädern, stiegen auf, suchten nicht länger nach Hinweisschildern, sondern fragten lieber gleich nach einem Radweg, wurden auf den Achendamm verwiesen und radelten weiter durch die allerschönste Landschaft.

Verfahren konnten sie sich hier nicht. Es ging geradeaus. Immerzu geradeaus. Allerdings zog sich der Weg und zog sich und zog sich. Verdammt heiß war es auch, Hanne klebte das Shirt am Rücken fest, und nach einiger Zeit hatte sie leider keinen einzigen Blick mehr übrig für die Umgebung, wünschte sie sich nur noch inständig das Ende des Weges herbei.

Nach einer endlos langen Zeit bogen sie schließlich ab, kamen ganz richtig nach Übersee und suchten nun hier nach Hinweisen auf den Uferweg. Wieder fanden sie nichts, fragten, wurden ins nahe gelegene Feldwies geschickt, fuhren nun dort hin und her, und mussten schließlich zum dritten Mal nach dem Weg fragen. Es schien Peter etwas peinlich zu sein, dass er den Weg so wenig kannte, Hanne hingegen machten langsam die noch zu fahrenden Kilometer Sorge.

Endlich waren sie tatsächlich auf dem Uferweg. Ein Schild tauchte auf. Prien 17 km. Was! Sooo weit noch? Von da aus waren es ja immer noch etliche Kilometer bis nach Hause. Und die waren dann nicht mehr flach.

Schweigend fuhren sie dahin. Fuhren und fuhren. Hannes Beine wurden zunehmend müder, immer deutlicher spürte sie Schultern und Nacken. Und jetzt bekam sie auch noch Hunger. Eine längere Mittagspause mit einer warmen Mahlzeit wäre nicht schlecht gewesen. Wie verrückt, bis Marquartstein zu fahren! Und noch viel verrückter, in den Umweg über Übersee einzuwilligen. Ohne daran zu denken, wie weit es von Übersee aus noch sein würde. Zu spät. Alles zu spät. Sie seufzte still in sich hinein.

Sie fuhren und fuhren und plötzlich, schlagartig, war Hanne das Radfahren vollkommen leid. Eigentlich konnte sie auch nicht mehr. Doch es gab kein Entkommen. Rechts der See, links die Autobahn. Vor ihr der Radweg. Nirgends eine normale Straße mit einer Bushaltestelle. Aber die meisten Busse fuhren sowieso nicht am Wochenende. Wie sie schwitzte. Warum nur war es ausgerechnet heute so heiß. Au weia, war sie geschafft, hatte zu allem Überfluss diese Nacht ja auch nur drei Stunden geschlafen. Das rächte sich jetzt. Ach, hätten sie doch eine richtige Mittagspause gemacht. Vielleicht sollten sie jetzt wenigstens noch eine kleine Nachmittagspause machen? Ob sie Peter bitten sollte, nein, auf keinen Fall, nur keine Schwäche zeigen, weiter, na komm schon, sind nur noch ein

114

paar Kilometer, aber vielleicht könnte sie Peter bitten, etwas langsamer zu fahren, den zog es ja mächtig in die Heimat zurück, nein, nein, das war jetzt eine einzigartige Gelegenheit, einmal die eigenen Grenzen auszuloten ...

Warum hielt der Mann an? Es gab einen Kiosk hier? Hatte sie gar nicht bemerkt. Ob sie ein Eis wolle? Jaaaaa.

Mit dem Eis in der Hand saßen sie am Ufer und blickten auf den See. Wirklich genießen konnte Hanne Eis und Seeblick nicht. Der stetige Autolärm nervte sie zunehmend mehr und sie wurde immer unruhiger. Würde sie den Rest der Strecke noch schaffen? Sie war sich da überhaupt nicht mehr sicher. Es drängte sie zum Aufbruch und so fuhren sie weiter und weiter und weiter …

Hatte Peter etwas gemerkt? Er fuhr viel langsamer und jetzt hielt er schon wieder an, um eine weitere kleine Pause zu machen und ein paar Schlucke zu trinken. Was sagte er da? Kilometermäßig seien sie jetzt so ziemlich rum um den See und da könnten sie beim nächsten Mal auch sofort den ganzen Uferweg fahren?

Es klang anerkennend, doch Hanne konnte nur müde lächeln. Wenn der wüsste!

Oder wusste er längst? Er blieb nun an ihrer Seite, schien sie förmlich ablenken zu wollen von ihrem Elend, plauderte und scherzte mit ihr. „Soll ich dich ziehen?", fragte er einmal sogar.

Meinte er das etwa ernst? Bis nach Hause ziehen konnte er sie sowieso nicht, also konnte sie auch gleich allein weiterradeln.

Immer verbissener trat Hanne in die Pedale und immer hartnäckiger zog die immer gleiche Frage durch ihren Kopf. Was würde Peter wohl von ihr denken, wenn sie auf der Strecke schlappmachte? Die Fahrt mit Anne zum Hirnsberg fiel ihr ein. Nein, heute würde sie sich keine Schwäche erlauben. Heute würde sie sich endlich einmal den eigenen Grenzen nähern. Koste es, was es wolle. Und den Rest der Strecke würde sie auf jeden Fall schaffen. Basta!

Der Rest der Strecke zog sich wie Kaugummi. Nach einer nahezu endlos langen Zeit konnten sie endlich den Uferweg verlassen und jetzt lagen nur noch ein paar Kilometer zwischen ihr und der Badewanne. Aber diese paar Kilometer hatten es in sich. Es ging hügelauf und hügelab und schon beim ersten Hügel musste Hanne passen. Sie stieg ab und schob. Mein Gott, wie mühsam. Noch nie war ein Hügel so steil und das Rad so schwer gewesen. Sollte sie Peter gestehen, dass sie fix und alle war, und ihn bitten, das Auto zu holen? Er war längst oben und wartete dort auf sie.

„Soll ich das Auto holen?"

Schon hatte sie nein gesagt. Das wäre doch gelacht. Es waren doch nur noch ein paar hundert Meter.

Mit letzter Kraft schob und fuhr Hanne weiter und hielt erst wieder vor ihrer Haustür an. Sie hatte es geschafft. Sie hatte bis zum Schluss durchgehalten.

Aber was machten denn ihre Beine da? Die zitterten ja. Und das nicht zu knapp. Schwindlig war ihr nun auch. So sehr, dass sie sich auf der Stelle gegen die Hauswand lehnen musste. Da war sie also. Ihre Grenze. Jetzt wusste sie genau, wo die lag. Da ging nichts mehr. Zum Glück brauchte da auch nichts mehr zu gehen. Sie war ja zurück. Mehr oder weniger heil. Mein Gott, war sie erschöpft. Jetzt musste sie nur noch die Treppe zur Wohnung hochkommen. Beinahe hatte sie den Eindruck, nicht nur an, sondern über ihre Grenzen gegangen zu sein. Ob sie Peter bitten sollte, sie hochzutragen? Oh, Himmel, nein. Sofort das Denken einstellen. Der Mann konnte Gedanken lesen.

„Geht es?" fragte Peter mit etwas besorgter Stimme und fügte, als sie nickte, mit einem spitzbübischen Lächeln hinzu: „Oder soll ich dich hochtragen?"

Nein, diesem Mann entging nichts. Dabei hatte sie sich doch bis zum Schluss solche Mühe gegeben, die starke Frau zu spielen. Das hätte sie sich vermutlich sparen können. Aber nun war auch das zu spät.

„Wärest du nicht so rot, würdest du sicher ziemlich blass aussehen", lächelte er sie an. Dann strich eine Hand ihr die verschwitzten Haare aus der Stirn. Seine Hand? Halluzinierte sie jetzt schon?

Auf diese Frage gab es keine Antwort. Mann und Hand waren längst verschwunden.

Kultur

Hanne fand es an der Zeit, nicht immer nur die wunderschöne Natur der neuen Heimat zu erkunden, sondern auch deren Kultur, und so beschloss sie spontan, zu einer Ausstellungseröffnung zu gehen. Der ausgestellte Maler war längst tot, sie hatte auch noch nie von ihm gehört, aber das wollte nicht viel heißen. Immerhin zählte er zu den so genannten Chiemseemalern und interessierte sie allein schon deshalb.

Voller Vorfreude fuhr Hanne am frühen Abend zum Museum und erblickte im Vorraum viele weitere, in Gruppen beisammen stehende Kunstinteresssenten, die Herren nahezu alle in der sonntäglichen Trachtenjoppe, und auch die zugehörigen Damen hatten sich sichtlich in Schale geworfen. Hanne schaute an sich herunter. Jeans, Shirt und Jacke.

Verflixt, das hätte sie sich nun wirklich denken können. Eine Ausstellungseröffnung war nun einmal etwas Besonderes. Möglichst unauffällig zog sie sich in eine Ecke zurück, in der sie schnell feststellen konnte, dass sie sich trotz ihrer unpassenden Kleidung keine Sorgen machen musste, unangenehm aufzufallen. Es sah sowieso niemand zu ihr her.

Da stand sie also nun in ihrer Ecke und schaute ins Gewimmel im Raum. So viele Leute. Und sie kannten sich fast alle, begrüßten sich und plauderten miteinander. Da kam auch der Herr Bürgermeister durch die Tür. Mit vielfachem „Servus" nach allen Seiten schob er sich durch die Menge, jetzt hielt er an und klopfte einem der Joppenmänner auf die Schulter und nein, doch, jetzt küsste er eine Frau auf die Wange. Richtig laut. Hoffentlich war es seine.

Du meine Güte, was dachte sie sich nur für einen Schwachsinn zusammen! Wurde höchste Zeit, dass es losging. Sollte sie noch lange in dieser Ecke stehen müssen, würde sie sich jetzt doch lieber wieder verdrücken.

Halt! Stehengeblieben! Es ging los. Die erste Rede. Die hielt natürlich der Herr Bürgermeister. Wie es sich gehörte, begrüßte er zunächst sämtliche anwesenden Honoratioren, alle sofort zu erkennen, die Damen an dem strahlenden Lächeln, das auf ihren Gesichtern lag, die Herren am Ernst, den ihre Mienen ausdrückten, dann sprach er über das Zustandekommen der Ausstellung, über ihren Sinn und Zweck und … dann sprach der Herr Kurator … dann der Vorsitzende des Kulturfördervereins … und wer weiß nicht noch alles … und die Luft war zum Schneiden, die wenigen Stühle alle besetzt, und wieder wäre Hanne am liebsten gegangen, was aber nicht ging, da sie selbstverschuldet in der hintersten Ecke stand und ganz fürchterlich auffallen würde, wollte sie sich ausgerechnet jetzt zur Tür durchkämpfen. Also blieb sie gottergeben stehen, wo sie stand.

Irgendwann war auch die letzte Rede zu Ende geredet und man durfte sich, sofern man das nicht in weiser Voraussicht schon vorher getan hatte, an den Bildern vorbeischieben. Viele hatten offenbar diese weise Voraussicht besessen, holten sich ein Glas Wein, stellten sich wieder in Grüppchen zusammen, prosteten sich zu, und bald war die Luft erfüllt von heiterem Stimmengewirr. Kunstfreunde unter sich. Und Hanne ganz allein. Was für eine Schnapsidee, hier ohne Begleitung hinzugehen. Sie hätte Marion fragen sollen, eine Frau in ihrem Alter, die kürzlich in einem der Nachbarhäuser eingezogen war. Sie hatten sich auf Anhieb gut verstanden und gestern gemeinsam einen Kaffee getrunken.

Hanne warf noch einmal einen Blick in die Runde. Kannte sie wirklich keinen hier? Nein, sie kannte wirklich keinen hier und keiner kannte sie. Keiner sah sie auch nur an. Und warum auch?

Von jetzt auf sofort hielt Hanne es nicht mehr aus. Nichts wie raus. „Oh, Pardon." Da hatte sie in ihrer Hast gleich jemanden angerempelt. Auch das noch.

„Sie haben es aber eilig." Zu Hannes Verblüffung reagierte die Frau, der sie entschieden zu nahe getreten war, mit einem freundlichen Lächeln.

„Zu voll drinnen", murmelte Hanne und wollte weitergehen, wurde jedoch gleich wieder angehalten von der nächsten Frage. „Zu viele Bilder oder zu viele Menschen?"

Das klang echt interessiert. Hanne blieb endgültig stehen und wusste kurz darauf, dass auch diese Frau niemanden hier kannte, zur Kur im Ort weilte und endlich mal etwas anderes hatte sehen wollen als Kurhaus, Kurgarten, Kurärzte und Kurgäste. „Kultur statt immer nur Kur", lächelte sie und fragte dann, ob Hanne mit ihr noch ein Gläschen trinken wolle.

Hanne wollte und wenige Minuten später saßen sie in einem nahe gelegenen Gasthaus und unterhielten sich aufs Beste. Ein Burnout hatte Helga in den Chiemgau katapultiert. Mit siebzig Stunden Arbeit pro Woche war sie auf Dauer völlig überfordert gewesen, hatte sich das aber so lange nicht eingestehen wollen, bis ihr Körper die Notbremse gezogen und der Arzt sie zu einem Kuraufenthalt verdonnert hatte.

Plötzlich wies Helga zur Tür. „Da kommt der nächste Workoholic", lachte sie und wandte sich dem Neuankömmling zu. „Hallo Rainer. Was machst du denn hier um diese Zeit?"

„Ich schau mal, ob noch wer aus der Klinik seine kostbare Freizeit außerhalb derselben verbringt. Und siehe da! Schon finde ich wen. Wollt ihr allein bleiben? Oder habt ihr ernste Themen drauf? Ich brauche es heute Abend eher heiter."

Hanne und Helga hatten nichts gegen Rainers Anwesenheit einzuwenden und so saßen sie nun zu dritt und die Runde wurde tatsächlich bald eine recht lustige.

„Ja Servus Hanne, was machst denn du hier?" Hannes Kollegin Marianne stand am Tisch. „Das ist mein Mann Franz", stellte sie ihren Begleiter vor und fragte, ob sie sich dazu setzen und mitlachen dürften.

Auch diese beiden durften sich dazusetzen und verblüfft musste Hanne feststellen, wie schnell sich die Dinge im Leben ändern konnten. In kürzester Zeit war sie vom ungesehenen Mauerblümchen zur geschätzten Tischgenossin geworden.

Die Bedienung hatte den Zuwachs gesehen und kam herbei. Marianne und Franz bestellten Bier, wie in Bayern üblich natürlich gleich richtig viel, Franz „eine ganze Mass", Marianne eine halbe. Hanne nutzte die Gelegenheit, fragte nach der Bedeutung des Wortes Mass und bekam erklärt, dass das heutzutage ein Liter sei, früher aber sogar noch mehr als einen Liter umfasst hatte.

Das Bier wurde gebracht und Franz machte große Augen. „Ja samma denn bei den Preißn?"

Ja, was hatte Franz denn auszusetzen an diesem Bier?

„Das Glas", sagte er mit Empörung in der Stimme. „Eine Mass gehört in einen Krug."

„Hauptsache, das Bier schmeckt", warf Rainer ein.

Franz schaute zu ihm hinüber. „Wo kommst denn du her? Ich würde auf Franken tippen."

Franz hatte richtig getippt und grinste nun von einem Ohr zum anderen. Sagte aber nichts. Erst auf Drängen der übrigen Tischgesellschaft sagte er es dann doch. „Man muss Gott für alles danken, selbst für die Ober-, Mittel- und Unterfranken."

Großes Gelächter. Rainer war nicht beleidigt, kannte den Spruch bereits, in der Klinik gab es auch etliche oberbayerische Kurgäste.

Jetzt wollte Franz wissen, ob das wenigstens ein Frankenwein war, den Rainer da vor sich stehen hatte. Ja, war es. Rainer trank nach Möglichkeit jeden Abend ein Gläschen. Sollte ja gesund sein. Zumindest fürs Herz.

Aber Bier sei nicht minder gesund, waren Marianne und Franz sich einig, nahmen jeder einen kräftigen Schluck und Franz präsentierte den nächsten Spruch. „Hopfen und Malz – Gott erhalt`s."

Die Unterhaltung drehte sich nun ums Bier, speziell ums bayerische, um Starkbier, obergäriges Weißbier und dunkles Lagerbier, Franz kannte sich bestens aus, wusste, dass der durchschnittliche Bierkonsum in Bayern erheblich höher war als der im Rest der Republik, und sprach, kaum hatte er erfahren, dass Helga und Hanne von einer Ausstellungseröffnung kamen, nur noch von „Bierkultur" und der wahren „Volkskultur", die nicht an der Wand hänge, sondern an Ort und Stelle gelebt werde. Sobald bekannt wurde, dass Hanne aus Köln stammte, sprach er von der „Kölschkultur" und wollte wissen, wie viele Sorten es gäbe.

Hanne hatte keine Ahnung. Für sie war ein Kölsch einfach ein Kölsch gewesen. Allgemeines Stöhnen kam auf. Aber das schmeckte man doch!

Ja, aber nur, wenn man es trank.

Ja, um Himmels Willen, was hatte sie denn in Köln getrunken?

Hanne gestand, hin und wieder einmal ein Pils bestellt zu haben, aber schon seit langem keinen Alkohol mehr zu trinken, nur noch der Wasserkultur zu frönen, seit der Übersiedelung in den Chiemgau auch nur noch das Wasser von Seligen und Heiligen zu sich zu nehmen. Wer weiß, vielleicht brachten sie die Wasser von St. Leonhard, St. Georg, St. Petrus und St. Primus dem Himmel ein klein wenig näher. Gesund waren sie ganz bestimmt.

Aber satt machten sie nicht, schaltete sich jetzt die ebenfalls Wasser trinkende Helga ein. Sie fand es an der Zeit, nun auch ein wenig der Esskultur zu frönen. Sie jedenfalls hätte nichts einzuwenden gegen einen kleinen Abendimbiss. Da vom vielen Reden und Lachen alle hungrig geworden waren, standen bald ein Korb mit Brot und eine Platte mit Schweinereien auf dem Tisch. Für Hanne und Helga gab es original bayerischen Obatzda, aufs wärmste empfohlen von Marianne und Franz, und sie fanden ihn beide so lecker, dass sie sich vornahmen, ihn demnächst öfter einmal selbst herzustellen. Doch woraus bestand er?

Aus Weich- und Frischkäse, Butter, Zwiebeln und Gewürzen, klärte Marianne sie auf. „Und", sie lachte und zwinkerte ihrem Mann zu, „ein kräftiger Schuss original bayerisches Bier muss auch rein, sonst ist er nicht echt."

Hanne und Helga schauten sich an und lachten ebenfalls. Na gut.

Für die Kurgäste wurde es Zeit zur Rückkehr, auch Franz und Marianne mussten am nächsten Morgen frühzeitig aus den Federn, und da hieß es Abschied zu nehmen von einer bunt zusammengewürfelten Gesellschaft, die sich spontan in überregionaler Lachkultur geübt hatte.

Nach dem allseitigen „Servus" (Rainer), „Pfüati" (Marianne und Franz) und „Tschüss" (Helga und Hanne) fuhr Hanne nach Hause, öffnete, noch ganz erfüllt von der Vielfalt an Kultur, die sie heute Abend geboten bekommen hatte, die Wohnungstür und sah den AB blinken. Peter hatte ihr eine Nachricht hinterlassen. Ob sie wohl am Wochenende mit ihm in eine in Prien neu eröffnete Ausstellung gehen wolle?

Aber natürlich wollte sie. Gerne sogar. Von Kultur aller Art konnte man nie genug bekommen.

Dörfer und Märkte

Hanne war fix und fertig für eine Radtour, wusste nur noch nicht, wo sie hingehen sollte. Auf keinen Fall zu Orten, in denen sie schon war. Also nicht nach Rimsting, Greimharting oder Zacking. Lustig, die endeten ja alle mit ing. Hanne schaute auf die Wanderkarte und ihre Augen entdeckten auf der Stelle zahlreiche weitere Orte, die auf ing endeten.

Ing! Pling! Dazu hatte sie doch vor kurzem erst etwas gelesen in dem Heimatbuch, das sie auf einem Flohmarkt gekauft hatte. Moment mal. Sie blätterte, sie suchte, sie fand. Und las ein zweites Mal, dass die Nachsilbe ing oft ein hohes Alter des Ortes verriet, vor allem dann, wenn sie zusammengesetzt war mit dem Namen der Person, die den Ort gegründet hatte, wie es z. B. der Fall war bei Arbo aus Arbing, der bereits im 12. Jahrhundert in einer Urkunde aufgetaucht war. Interessant. Also auf nach Arbing. Und danach, sie fuhr mit dem Finger auf der Karte ein Viereck ab, nach Munzing, Mupferting, Elperting und Atzing. Sie würde heute eine kleine Ing-Tour machen.

Es dauerte bedeutend länger als gedacht, bis sie endlich in Arbing war, da sie bei der Planung ihrer Radtouren ständig vergaß, wie viel sie gewöhnlich schiebend zu Fuß gehen musste. Zügig durchfuhr sie den Ort, den es schon im 12. Jahrhundert gab, und hielt erst wieder an bei einer Kreuzung unter einem mächtigen Baum. Eine Tafel tat kund, dass sie unter der alten Linde von Munzing stand, gepflanzt 1888 als Hofbaum und „Symbol für Schutz und Frieden". Weiterhin erfuhr sie, dass der Baum „nach altem Glauben" als Freund und Verbündeter des Menschen angesehen wurde, der die Schutzgeister an sich ziehen sollte, um vor Blitz und bösen Mächten zu bewahren, weshalb die Menschen schon in früheren Zeiten Bäume an Haus und Hof pflanzten.

Hanne schaute hoch in die Krone und trat wieder ein paar Schritte zurück. Ein wirklich mächtiger Baum. Über 125 Jahre war er alt. Allerhand.

Sie fuhr am zugehörigen Hof vorbei und dann immer weiter bis nach Mupferting, hielt dort an vor einem Haus mit dem frommen Spruch „An Gottes Segen ist alles gelegen", bewunderte die schönen Schnitzereien an den Balkonen, bog nach links ab und hielt erst wieder bei einem Hof in Elperting, der nicht nur einen Kuh-, sondern zusätzlich auch einen Hühnerstall besaß. Ein Schild wies hin auf einen kleinen, direkt an den Stall angebauten Laden mit Selbstbedienung. Bio-Eier. Wunderbar. Da wollte sie sich gleich ein paar mitnehmen.

Aber das erwies sich als gar nicht so einfach. Hanne musste sich erst eine Weile gut zureden, ehe sie den kleinen Laden betreten konnte. Das roch ja noch schlimmer als das, was die Bauern mit Hingabe auf ihren Feldern versprühten.

Schließlich gab sie sich einen Ruck, zog die Tür auf und befand sich vor Regalen voller Eier, Eiernudeln,

Eierlikör, Honig und Marmelade. Begleitet vom Gack-gack-gack der Hühner nebenan nahm sie sich eine Packung Eiernudeln und einige „nestfrische" Eier, warf das Geld in die große Sparbüchse an der Wand, ging schleunigst wieder nach draußen und atmete dort erst einmal tief durch, ehe sie weiterfuhr nach Atzing.

Von dort aus war es nicht mehr weit bis Prien und zum Herrnberg, von dem aus man, Sonja zufolge, eine wundervolle Aussicht auf die Berge hatte. Sie musste es wissen, ging mit Nelly oft dort spazieren. Sonja hatte sich zum absoluten Prien-Fan entwickelt, fand in diesem, zugegebenermaßen größeren, Ort alles „großzügiger" und „offener", und überlegte allen Ernstes, demnächst den Wohnort zu wechseln. Außerdem war in Prien entschieden mehr los als bei ihnen auf dem Dorf. Immerhin hieß Prien mit vollem Namen ja auch Markt Prien und so durften sich Orte heutzutage nur nennen, wenn sie nicht nur genügend Einwohner, sondern auch eine Zentrumsfunktion für die umliegenden Gemeinden hatten. Früher hießen Orte so, wenn sie das Recht bekommen hatten, Märkte abzuhalten. Dieses Recht hatte Prien gehabt. Sonja wusste da bestens Bescheid.

Hanne fuhr zum Herrnberg und war gespannt, was es dort zu sehen gab. Zunächst einmal ein Wegkreuz mit dem angenagelten Heiland im leuchtendblauen Lendenschurz, unter ihm seine Mutter, gleichfalls blau gewandet, ihnen zur Seite ein Rosenstrauch mit orangenfarbenen Blüten, und hinter dem Busch eine grüne Wiese, auf der braun-weiße Kühe weideten und mit den Schwänzen nach Fliegen schlugen. Eine Bank sah sie auch, drehte dem farbenprächtigen Ensemble den Rücken zu und setzte sich.

Na ja, die Aussicht war ganz ordentlich. Aber sooo besonders nun auch wieder nicht. Vom Dorf aus war sie an manchen Stellen ähnlich großartig. Mehr los als im Heimatort war hier allerdings wirklich. Die Gegend schien eine beliebte Hundeausführstrecke zu sein. Innerhalb der wenigen Minuten, die sie nun hier saß, waren bereits mindestens fünf Hunde samt Begleitung vorbeigelaufen und jetzt gerade kam eine Walking-Gruppe plaudernd und lachend des Weges, in den Bäumen des kleinen Waldstücks krakeelten die Krähen, in der Ferne war ein Zug zu hören und von der unterhalb der Anhöhe gelegenen Straße drangen unaufhörlich Motorgeräusche hoch.

Und trotzdem machte der Platz einen friedlichen Eindruck. Hinter Hanne schnaubte eine Kuh. Sie war so nah, dass man hören konnte, wie sie mit dem Maul das Gras abrupfte. Ein Schmetterling flog vorbei. Eine Libelle schwirrte über sie hinweg. Zwei zarte weiße Federwölkchen und ein gelber Ballon zogen am tiefblauen Himmel still dahin.

Als Hanne genug in den Himmel und zu den Bergen geschaut hatte, brach sie wieder auf, wurde jedoch mitten in Prien angehalten. Die Schranken waren unten. Da kam sie auch schon heran, die grüne Lok

mit den sieben grünen Waggons. Puff, puff, puff...
Es rauchte richtig aus dem Schornstein, roch aber
gar nicht gut. Was da wohl verbrannt wurde? Hanne
folgte dem Bähnchen zum Bahnhof, sah zu, wie die
Fahrgäste ausstiegen und traute ihren Augen kaum,
als der Lokführer nun, buchstäblich im Schweiße
seines Angesichts, Kohlen ins Innere der Lok
schaufelte. Hinter der grünen Verkleidung des
„Bockerl", wie die älteste Schmalspurbahn der Welt
in Prien genannt wurde, befand sich wahrhaftig eine
echte Dampfmaschine. Da staunte Hanne aber.
Und da staunte sie gleich noch einmal, als sie am
Marktplatz vorbeikam. Da war ja tatsächlich Markt.
Auch noch in der heutigen Zeit. Vor den Ständen
mit Gemüse, Obst, Blumen, Käse, Wurst- und
Fleischwaren, mit Gewürzen, Fein- und Feinstkost
herrschte lebhaftes Treiben und Hanne hätte sich das
Ganze gerne etwas länger angesehen, doch die
Tische vor den beiden Cafés am Markt waren
sämtlich besetzt und sich irgendwo dazuzusetzen,
dazu fehlte ihr plötzlich der Mut. Die sahen alle so
einheimisch aus, die Leute. Da fuhr sie lieber in ihr
Dorf zurück.
Doch dann stieß sie auf der Heimfahrt überraschend
auf ein nettes kleines Café mit großem Garten. Sie
überlegte nicht lange, hielt an und saß gleich darauf
an einem Tischchen in eben diesem Garten, schaute
entzückt auf die rosarote Kletterrose an der
Hauswand und auf den lila leuchtenden Lavendel.

Schade, dass die Landstraße so nah war. Oh, ein knallrotes Cabrio. Oh, auf dem Nummernschild ein K. Ein Wagen aus Köln. Das fühlte sich etwas seltsam an. Fast so wie im Urlaub, wenn man in der Fremde das Kennzeichen des Heimatortes vorbeifahren sieht. Aber es war gerade umgekehrt. Sie war in der Heimat und nicht im Urlaub. Auch wenn es sich manchmal noch so anfühlte.

Tschilp, tschilp, tschilp, tschilp… zwei plustrig-runde Spatzenbällchen hüpften mit vibrierendem Federkleid hinter Mama und Papa her, sperrten immer wieder die Schnäbel weit auf und bekamen auch immer wieder etwas hineingeschoben, suchten zwischendurch aber ebenfalls eifrig den Boden nach Nahrung ab. Pick, pick, hüpf, hüpf… und jetzt wurde Fliegen geübt. Flatter, flatter… ganz flach ging es über den Boden weg und dann schräg hoch auf den untersten Ast der Linde. Geschafft.

Auch Hanne schaffte jetzt den Aufbruch und die letzten Kilometer in die neue Heimat, musste aber doch noch einmal stehenbleiben beim Bauernhof in der Nachbarschaft. Auch hier war offensichtlich Nachwuchs eingetroffen, Mama Glucke führte ihre aufgeregt piepsenden Küken just in dem Moment vor die Tür, als sie vorbeikam.

„Grüß Gott". Hanne schaute den jungen Mann an, der an ihr vorbeiging. Da lächelte er sie auch noch an. In Hanne schmolz etwas. Seit dem Anblick des roten Cabrios, K wie Köln, hatte es leise geknispelt in der Herzgegend. Was ein einziges Lächeln alles bewirken konnte. Leichten Herzens wandte sich Hanne zum Gehen, wurde aber gleich darauf erneut angehalten von einer lauten Männerstimme. „Do legsd di nieda, des Preißnmadl."

Na, den kannte sie doch. Wer war es nur?

„Jo mei, kennsd mi ned?" Hanne suchte krampfhaft den Namen zum Gesicht, doch erst als das Gesicht missmutig verzogen wurde, wusste sie es wieder. Genau, Sepp, der Grantler, stand vor ihr. Aber seine Augen lächelten sie an.

„I dad dia a Bia ausgem, Madl, aba...", Sepps Mundwinkel zogen sich noch weiter nach unten, er hatte keine Zeit und außerdem, wenn ihn wer aus der Nachbarschaft mit ihr allein da sitzen sähe, dann würde er es garantiert sofort seiner Oidn erzählen. Das wäre heute aber ganz besonders ungünstig, da sie schon den ganzen Tag auf hundertachtzig sei. Da wolle er sie nicht noch mehr ansäuern. „Ist doch meine Oane für ois."

Sie war sein Ein und Alles? Er schien sie wirklich zu lieben.

Sepp schaute sie ungläubig an. Lieben? Er brauchte die Frau. Sie war einfach für alles gut. Fürs Kochen, Putzen, und auch für sonst so Sachen. Sie verstand schon.

Jetzt schaute allerdings Hanne derart ungläubig drein, dass Sepp sich besann. Na ja, tanzen konnte die Frau auch und sah auch ganz nett aus. Ja doch, wenn sie nicht gerade die Furie spielte, mochte er sie sogar.

„Pfüati". Schon war er auf und davon. „Die Oide liabn", hörte sie ihn noch murmeln und sah ihn den Kopf schütteln über so viel Sentimentalität.

Lächelnd sah sie dem Mann nach. Sepp, der Pseudo-Grantler. Er ging ein paar Schritte, stieg in sein Auto und fuhr, ihr noch mal zuwinkend, in hier garantiert unerlaubtem Tempo davon. Sie sah gerade noch das Nummernschild, ehe er um die Ecke bog. RO wie Rosenheim. Fühlte sich gut an. Ja, fühlte sich an wie Heimat.

Auf dem Gipfel

Sonntag. Nahezu lautlos glitt der Sessellift den Berg hoch. In Grainbach läuteten die Kirchenglocken, auf den Almwiesen die Kuhglocken. Hanne und Marion waren auf dem Weg zur Mittelstation der Hochries. Marion liebte diesen Berg und war glücklich, jemanden gefunden zu haben, der mit ihr zum Gipfel wandern wollte. Hanne hingegen war ein wenig unsicher, ob sie den Anstieg bewältigen würde. Sie war noch nie zu Fuß auf einen Berg gegangen. Hoffentlich würde es nicht zu ungemütlich werden, sie womöglich wieder an ihre Grenzen bringen. Die letzte Grenzerfahrung war ihr noch deutlich in Erinnerung.

Die Mittelstation kam in Sicht, eine hilfreiche Hand unterstützte Hanne und Marion beim „Absprung" aus dem Lift, dann waren sie sich selbst überlassen. „Zur Käseralm", sah Hanne einen Hinweis und erinnerte sich, über diese Alm bereits etwas gelesen zu haben. Ob sie die als erstes angehen sollten?

Marion sah sie enrüstet an. Aber die war doch nur einen Steinwurf entfernt! Nein, sie würden natürlich auf der Gipfelhütte einkehren.

Zunächst einmal war der Anstieg so sanft, dass sich Hanne wie auf einem Spaziergang fühlte. Ausgeruht und guter Dinge schritt sie dahin. Plötzlich horchte sie auf. Da sang doch wer. Wirklich kam ein Mann laut singend den Berg herab, nickte ihnen fröhlich zu und entschwand. Dem ging es hörbar gut. Trallala. Er war noch lange zu hören.

Dann ging`s los mit der Steigung. Das war jetzt kein Sonntagsspaziergang mehr. Zumindest nicht für Hanne. Und schon wurde sie überholt. Staunend sah sie dem Mountainbiker nach, der Tritt um Tritt den Berg hochfuhr, entdeckte ihn zu ihrer Genugtuung jedoch gleich darauf hinter der nächsten Kurve auf einem Stein sitzend. Auch ein Athlet brauchte wohl hin und wieder eine Pause.

Es wurde zunehmend steiler, der Weg führte sie nun durch ein ausgetrocknetes Bachbett mit großen Steinblöcken, Marion hatte ihre Stöcke längst im Einsatz, da hielt denn auch Hanne den Zeitpunkt für gekommen, die ihrigen aus dem Rucksack zu holen.

Sie hatte es hinausgezögert, solange es ging, war noch nie mit solchen Dingern marschiert und hatte Sorge, sich mit ihnen ganz gehörig zu blamieren. Am liebsten wäre sie ohne losgezogen, doch sogar Anne hatte ihr geraten, sich welche zuzulegen. „Sie schonen die Knie", hatte sie erklärt und hinzugefügt, dass man in ihrem Alter langsam Rücksicht nehmen müsste auf seine Gelenke.

Hanne war fast ein wenig beleidigt gewesen. In ihrem Alter! Sie war doch noch keine Oma. Aber sie hatte sich dann doch ein Paar Teleskopstöcke gekauft, sich sicherheitshalber sogar zeigen lassen, wie man sie auseinanderzog. Jetzt nahm sie den ersten Stock zur Hand, zog und schob und drückte. Nichts. Verdammt, sie hatte es ja geahnt.

„Gib mal her", sagte Marion, zog und schob und drückte. Nichts. Hanne nahm den Stock zurück, zog mit aller Macht und ratsch! sprang eine Feder ins Freie und mochte auch nicht mehr zurück in die Enge. Mit vereinten Kräften versuchten Hanne und Marion, wenigstens den zweiten Stock einsatzfähig zu bekommen, konnten sogar die Spitze ausfahren, doch der dickere Teil des Stocks verharrte ungerührt in seiner eingefahrenen Stellung.

Hanne war sauer. Scheiß-Stöcke. Sie war drauf und dran, sie alle beide gleich hier liegen zu lassen, doch genau in diesem Moment tauchte hinter ihr ein Wanderer auf, erfasste mit einem einzigen Blick die gesamte Situation und bot seine Hilfe an. Wortlos

135

reichte Hanne ihm den Stock, klack, war die Feder wieder an ihrem Ort, klack, klack, waren die Teleskopstücke ausgefahren. „Halten Sie mal den Arm waagerecht hoch", sagte der freundliche Helfer, passte die Stöcke ihrer Größe an, stellte sie fest und übergab sie ihr. „Pfüati" und schon stieg er weiter bergauf.

Verblüfft schauten Hanne und Marion ihm nach. Aber noch verblüffter schauten sie auf den ihnen bereits bekannten Mountainbiker, der wieder hinter ihnen im Bachbett auftauchte. Mit dem Rad auf den Schultern. Ja, wie schaffte er denn das?

„Ach was, halb so wild", meinte er. Das Rad sei ein leichtes und höchstens so schwer wie ein ganz normaler Wanderrucksack. Leichten Schrittes stieg er an ihnen vorbei.

Marion und Hanne folgten ihm langsam und Hanne stellte bald fest, dass es sich mit Stöcken, vor allem an den Steilstellen, doch bedeutend besser ging als ohne. Und wieder lag plötzlich Musik in der Luft. Ein sonntägliches Blaskonzert drang an ihre Ohren. Das kam sicher vom Alm-Gottesdienst weiter unter, für den gerade die Holzbänke herangeschleppt wurden, als sie die Stelle passierten. Überhaupt schien die Höhenluft Klängen wohlgesonnen, eine halbe Stunde später und noch weiter oben war sogar noch das Mittagsläuten von Grainbach zu hören.

Immer wieder blieben Hanne und Marion stehen und blickten sich um. So viele so schöne Blumen. Nicht nur Margeriten, Primeln und Thymian, sondern auch Arnika, Knabenkraut und Enzian. Marion kannte sich aus, hatte von klein auf mit ihren Eltern in den Bergen Urlaub gemacht. Das da, sie zeigte auf etwas, das wie eine dicke, gefüllte Butterblume aussah, das war die Trollblume. Und das da war die Bank, auf der sie Rast machen würden.

Mitten in der Kuhherde? Hanne wäre liebend gern noch ein Weilchen gegangen, doch Marion lachte sie aus und so kam Hanne tapfer mit und aß ihr Brot Aug in Aug mit den Kühen und Kälbern, die um sie herum lagen. Sicherheitshalber behielt sie die Tiere allerdings während des gesamten Picknicks fest im Blick. Da lagen sie und käuten wieder und wieder und wieder. Ganz regelmäßig Und unaufhörlich. Mussten gute Kaumuskeln haben. Trainierten aber ja auch von klein auf.

Nahe der Bank gab es nicht nur viele große Tiere mit vier Beinen, sondern auch eine Menge kleiner grünbrauner Tierchen mit Flügeln. Einer der Käfer hatte es regelrecht abgesehen auf Marion. Trotz ständiger Abweisung ließ er sich ungeniert immer wieder aufs Neue auf ihrem Haar oder auf ihrer Wange nieder und trat schließlich sogar den Marsch in ihren Ausschnitt an. Attacke! Drei weitere Käfer rückten an. Und alle wollten nur zu Marion, die dieser Besuch bald tierisch nervte und die deshalb auf Weitergehen drängte. Hanne hatte aus anderen Gründen nichts dagegen und so brachen sie wieder auf, blieben jedoch nach fast jeder Kurve stehen, um die Berglandschaft zu bewundern.

„Das wild Gezackte da drüben", wusste Marion, „das ist der Wilde Kaiser, der sanfter geschwungene Bergrücken davor ist der zahme Kaiser, der einzelne Zacken, den du dort hinten siehst, das ist die Kampenwand und links, wo die Gipfel immer noch weiß leuchten, siehst du sogar Großvenediger und Großglockner".

Keineswegs so erschöpft wie befürchtet kam Hanne schließlich am ersten Gipfel ihres Lebens an und stand nun 1569 Meter über dem Meeresspiegel. Ein wenig stolz auf sich war sie, aber wie Marion auch längst wieder hungrig, weshalb sie sich bald der Hochrieshütte zuwandten, die ihr für eine Hütte allerdings reichlich groß zu sein schien.

Ob die Riesenhütte auch Kuchen zu bieten hatte? Was, Eierlikörkuchen? Lecker. Hanne bestellte und Marion staunte. Hanne und Alkohol? Da staunte auch Hanne und fragte sich ein wenig besorgt, ob sie etwa bereits dem Höhenrausch erlegen war.

Da kam der Kuchen auch schon. Wow! Sogar zwei Stücke. Das hatte sie wohl laut gesagt.

„Sie können auch gern eins abgeben", meinte der Mann am Nebentisch.

Nein. Keinesfalls. Da wurde Hanne aber energisch.

„Noch nie was von Samariter gehört?" insistierte der Mann nebenan. Hanne fand, er sehe nicht gerade

138

verhungert aus und ohne schlechtes Gewissen aß sie beide Stücke hintereinander auf.

Der Mann am Nachbartisch stand auf. „Nicht, dass Sie fallen", sagte Marion mit Blick auf die beiden Stöcke, die Hanne im Gang zwischen den beiden Tischen abgestellt hatte.

„Weng an Weiwaleid bin i no nia ned g`schtüadzt (wegen einer Frau bin ich noch nie gestürzt)", sagte der Mann und rückte sich den Trachtenhut zurecht. Während Hanne noch mit Übersetzen beschäftigt war, konterte Marion bereits, es gebe immer ein erstes Mal.

„Stimmt, das hat die Jungfrau Maria auch merken müssen", kam prompt die nun auch für Hanne auf Anhieb verständliche Antwort, und als er mit einem breiten Grinsen davonging, konnte sie mit Marion gemeinsam lachen über den urigen Typen.

Das Lachen verging ihr schnell, als sie versuchte, ihre Stöcke wieder kleinzukriegen. Beide leisteten standhaft Widerstand. Abwechselnd drückten, zogen und schoben Hanne und Marion an ihnen herum, doch nur bei einem bewegte sich etwas, die Spitze nämlich, die ab jetzt immer herausfiel und nicht mehr festzustellen war. Scheiß-Stöcke. Ehrlich. Jetzt mussten die auch noch umgekehrt getragen werden. Absolut bescheuert sah das aus.

Es wurde Zeit für den Heimweg. Da Marions Knie Bergabgehen nicht mehr gut vertrugen, gingen sie zur Gondelstation. „Komm", sagte Marion, „setzen wir uns draußen auf die Wiese. Da können wir sehen, wenn die Gondel von der Mittelstation aus hochkommt."

Sie saßen eine Weile, die Abfahrtszeit war längst überschritten, doch von einer Gondel war weit und breit nichts zu sehen. Plötzlich sprang Marion wie von der Tarantel gestochen auf. Nicht, dass die Gondel bereits vor ihrer Ankunft hochgekommen war. Doch. Genau das war sie und in genau dem Moment, in dem Hanne und Marion in die Station stürmten, schwebte sie von dannen.

Wann würde die nächste fahren? In einer halben Stunde. Na, das ging ja noch. Und siehe da, die nächste kam bereits heraufgeschwebt. Alle stiegen aus, auch der Gondoliere, dann lag die Gondel unbeweglich offen da. Die würden sie jetzt aber auf gar keinen Fall verpassen. Sicherheitshalber stiegen sie schon mal ein und sicherten sich die beiden einzigen Sitzplätze.

Nach und nach füllte sich die Kabine und schließlich tauchte auch der Gondoliere wieder auf. „Hängen S` mal lieber nicht alle da vorne, sonst kippts gleich noch vornüber", sagte er.

Nein, nur das nicht! Erst am schallenden Gelächter der anderen merkte Hanne, dass er nur gescherzt hatte und ärgerte sich. Sie fiel aber auch auf alles rein. Kaum setzte sich die Gondel jedoch in Bewegung, vergaß sie ihren Ärger und genoss die Abfahrt in vollen Zügen, im Anschluss daran auch die Fahrt durch die sommerlich grünen Hügel des Samerbergs, kletterte vor Marions Haustür aus dem Auto, um gleich darauf vor der eigenen Haustür Anne in die Arme zu laufen.

Die schaute erst Hanne an, dann die Stöcke. „Ja, wie hältst du die denn? Warum schiebst du die nicht wieder zusammen?"

Blöde Frage. Weil es nicht ging.

„Gib mal", sagte Anne, drehte, es machte klack, dann drehte sie wieder, es machte wieder klack, und dann waren die Stöcke wieder kurz und klein. „Das übst du jetzt am besten solange, bis du es im Schlaf kannst." Anne lachte ihr aufmunternd zu und ging davon.

Hanne lachte nicht. Aber Annes Rat nahm sie ernst. In der Wohnung angekommen, begann sie sofort zu üben. Sie drehte und zog und drückte. Nichts. Scheiß-Stöcke.

Das Telefon ging. Marion war im Keller gewesen und hatte ihr zweites Paar Stöcke gefunden. „Die schenk ich dir", sagte sie. „Damit du bald wieder mit mir auf den Berg gehst. Wie wäre es nächstes Wochenende mit dem Dürrnbachhorn bei Reit im Winkl? Hast du Lust?"

Neue Stöcke? Ja dann hatte sie Lust. Große Lust sogar. Vielleicht könnte sie demnächst auch allein losziehen, wenn Marion keine Zeit hatte. Auf die Kampenwand oder auf die Hochplatte oder auf den

Hochfelln. Die Berge riefen geradezu nach ihr. Sie konnte es deutlich hören.

Gstadt

Dem Wetterbericht zufolge sollte es an diesem Tag heiß und schwül werden, könnte sogar gewittern, und da stand Hanne der Sinn denn doch nicht nach Herumkraxeln in den Bergen, sondern nach frischer Seeluft. Wo wollte sie die schnuppern? Vielleicht in Gstadt? Oft genug war ihr vorgeschwärmt worden von dem wunderbaren Blick auf den See dort. Aber bis nach Gstadt waren es etliche Kilometer. Auto? Nein, auf keinen Fall. Fahrrad. Auch Fahrtwind kühlte. Allerdings gab es da ein kleines Problem. Das Sitzen auf dem Sattel fühlte sich derzeit nicht besonders prickelnd an, sie musste sich bei der letzten Radtour etwas aufgescheuert haben. Ein dickeres Fell müsste man haben.

Ja, genau. Das war es, was ihr fehlte. Hanne schaute auf den nackten, harten Sattel, beschloss spontan, sich ein weiches Lammfell zu spendieren, setzte das Vorhaben sofort in die Tat um und stand wenige Minuten später im Fahrradgeschäft Huber.

„Ja, wie schaut denn der aus", rief Frau Huber, als sie ihrem Sattel vor der Tür das frisch erworbene Fell überziehen wollte. „Der steht doch vorne viel zu hoch. Ich mach Ihnen das mal, ja?"

Sie machte, Hanne dankte, stieg auf und wollte losfahren, als sie erneut angehalten wurde. „Die Reifen! Die haben doch beide viel zu wenig Luft! Ich mach Ihnen das mal, ja?"

Sie machte, Hanne schaute zu und entschuldigte sich, dass sie so selten aufpumpe. Es sei so mühsam mit der Handpumpe.

„Na, da kommen S` doch her. Sehen S`, geht ganz schnell."

Ja, das sah Hanne, aber es wäre ihr peinlich, nur wegen des Aufpumpens herzukommen.

„Können S` ruhig. Immer. Eine nette Unterhaltung zwischendurch ist doch schön", lächelte die Frau und schob die Pumpe an ihren Platz zurück. „So. Jetzt werden S` wieder richtig fahren können. Macht doch viel mehr Spaß."

Hanne dankte, gab ein Trinkgeld und fuhr endgültig davon. Und es stimmte. Es rollte sich entschieden besser als zuvor. Achtung, da hätte sie beinahe ein Mini-Mäuschen überfahren. Es war zum Glück dann aber doch schneller als ihr Vorderrad. Oh je, der arme Igel. Der sah so aus, als sei er leider nicht schneller gewesen als das Rad, das ihn daraufhin auf der Stelle platt gemacht hatte.

Was leuchtete am Zaun des Bauernhofs? Violette Gladiolen und dunkelrote Dahlien. Da stand ja auch wieder Mutter Glucke mit ihren Küken. Waren die aber groß geworden. Das waren ja fast schon halbe Hühnchen.

Nun ging es aber endgültig zum Dörfele hinaus und in die Landschaft hinein. Welch eine Freude, hier entlang zu radeln. Hanne war so richtig glücklich im Moment.

Sah sie recht? Zwei Rehe am helllichten Tag auf der Wiese neben der Landstraße? Mit großen Augen sahen sie zu ihr herüber und ästen dann in aller Ruhe weiter. Na, die hatten ja Nerven! Annes Erzählung gestern Abend fiel ihr ein. In der Frühe hatte sie Rehe an ihrem Gartenzaun stehen sehen, wo sie mit Hochgenuss die letzten, ihren Mäulern gerade eben noch erreichbaren, Rosenknospen abknabberten. Die Mistviecher.

Heiß war es. Nicht lange und Hanne rann der Schweiß in Strömen, doch das machte ihr nichts. Na ja, etwas schon, doch solange der Preis fürs Glück in Schweißtropfen zu zahlen war, zahlte sie gern.

Ohne auch nur einmal anzuhalten fuhr sie bis nach Gstadt durch. Ein recht kleiner Ort erwartete sie, der jedoch durchaus seine Reize hatte. So entdeckte sie mitten darin einen Rosengarten, bestaunte die in Runden angelegte rosarote Pracht und sah gleich darauf ein paar Meter weiter auch noch einen Kräutergarten, der sie mit seiner Vielzahl gelb leuchtender Königskerzen regelrecht herzuwinken schien. Gleich darauf ging sie an den großen Beeten entlang, schnupperte an Katzenminze, Lavendel und Melisse und staunte den blaublütigen Ysop und die hohe, rotblühende Indianernessel an. Nicht, dass sie die Pflanzen gekannt hätte, nein, kleine Schildchen in den Beeten verrieten ihre Namen.

Langsam ging sie dahin, öffnete schließlich ein Törchen in einem Holzzaun und betrat unter einem Bogen voller Wildrosen, pardon, „Apothekerrosen", den Klostergarten, in dem Thymian, Johanniskraut und wilde Malven blühten. Welche Pflanze war das hinten in der Ecke wohl? Leider war ausgerechnet dort kein Schildchen zu sehen.

„Kann ich Ihnen helfen?" Ein junger Mann in Arbeitskleidung stand plötzlich neben ihr. Sie hatte ihn gar nicht kommen hören. Sie fragte ihn nach dem Namen der ihr unbekannten Pflanze, doch er wusste ihn nicht, was sie überraschte. War er nicht der Gärtner hier?

Ja, er war der Gärtner, aber er war kein gelernter Gärtner, hatte alles, was er wusste und konnte, erst hier an Ort und Stelle gelernt. Er stammte aus Mexiko, war dort Reiseführer gewesen, gern sogar, hatte sich vor allem viel Wissen angeeignet über die Mayas und ihre Kultur. Sein Vater hatte einen Garten mit Heilkräutern, war ein Curandero, ein Heiler.

Interessant. Was hatte ihn denn nach Deutschland gebracht? Hanne hätte es sich gleich denken können. Eine Frau natürlich.

Über ihnen knallte es. Düsenjäger. Eine ganze Formation donnerte über sie hinweg und da merkte Hanne wieder, wie heiß es war und wie sehr sie schwitzte. Sie musste in den Schatten. Am besten sofort. Sie sagte dem Gärtner adios, fuhr zu einem Café mit Terrasse direkt am See und ließ sich an einem der Tische nieder, obwohl es sich hier eher anfühlte wie Sauna als wie offene Terrasse. Aber! Der Blick! Auf den See! Auf die Berge! Wow!

Hanne war hin und weg. Blaugrün lag der See vor ihr, in zartem Blau ruhten die Berge am anderen Ufer. Wie das Wasser in der Sonne glitzerte, blitzte und funkelte! Und wie schön die Fraueninsel von hier aus anzusehen war!

Besuch. Zwei Schwäne kamen ans Ufer, watschelten auf den Kies und putzten sich das Gefieder, wurden das Herumstehen jedoch bald wieder leid, kehrten auf den See zurück und putzten sich dort weiter, Feder für Feder. Wer so schön weiß sein wollte, musste etwas tun dafür. Hin und wieder wurde auch einmal ein Fuß ausgestreckt und die Schwimmflosse gründlich ausgeschüttelt.

Am Nebentisch entstand Bewegung, ein Paar ließ sich nieder und bestellte Frühstück, was es nach elf Uhr aber nicht mehr gab. Da nahm der Herr zum Kaffee eine Brezen dazu, die Dame nahm dann eben nur einen Prosecco.

Doch kaum war die Bedienung weg, begann die Dame zu maulen, dass es um diese Zeit schon kein Frühstück mehr gab, obwohl es doch nur wenige Minuten über die Zeit war. Sie steigerte sich immer weiter in schlechte Laune und endete schließlich mit der Bemerkung, dass er, der Herr, ja vielleicht auch gar nicht mehr mit ihr zusammenbleiben wolle.

Der Herr sagte nichts dazu, nahm sein Handy zur Hand und begann zu telefonieren. Unüberhörbar. Mit immer neuen Teilnehmern. Sie schmierte ihm währenddessen Butter auf seine Brezen, in die er zwischen den Telefonaten immer mal wieder schnell hineinbiss.

Es gab da ein wirklich schwerwiegendes Problem, das Thermostat seiner Sauna schien ähnlich defekt zu sein wie das des „Wetterkessels Chiemgau" und das Ersatzteil war nur unter großen Schwierigkeiten zu bekommen. Plötzlich wechselte der Herr das Thema, nun ging es um den Energiedrink Red Bull, den er nicht vertrug, und wonach er die ganze Nacht nicht schlafen konnte.

Endlich war er fertig mit der Telefoniererei und wandte sich ganz ihr, der Frau, und der Brezen zu. Nein. Da telefonierte er schon wieder. Doch auch dieses Telefonat hatte einmal ein Ende, und da der Herr inzwischen seinen Kaffee, die Dame ihren Prosecco ausgetrunken hatte, standen sie jetzt auf und gingen. Tschau.

Sofort nahm ein junges Paar die freien Plätze ein, küsste sich aber schnell noch einmal, bevor es sich setzte und die Atmosphäre wie durch Zauberhand in eine friedliche verwandelte. Hanne beschloss, in dieser nunmehr so angenehmen Nachbarschaft noch ein wenig länger zu verweilen, trat nach einem Blick

147

zum Himmel aber lieber schleunigst den Heimweg an.

Kaum fuhr sie los, begann es zu tropfen, nein, bitte nicht, hörte wieder auf, begann in Dorfnähe erneut und energischer zu tropfen, nein, bitte nicht, nur noch drei Minuten bitte, hörte dann aber ganz auf, als sie außer Atem die Haustür aufschloss, und fing auch nicht wieder an, was sie nun allerdings gewaltig ärgerte. Da hätte sie sich gar nicht so zu beeilen brauchen.

Lustig

Marion war eine begeisterte Theaterbesucherin und hatte Hanne eingeladen, mitzukommen zu einem kulturellen Highlight der Region, einer Shakespeare-Aufführung in einem Park in Aschau, dem jedoch ein natürliches Highlight vorausgehen sollte in Form einer Wanderung zur Vogelbeobachtungsstation im Mündungsgebiet der Tiroler Ache. Marion liebte nicht nur Theater, sondern auch Vögel und war schon ein paar Mal dort gewesen.

Das Auto wurde in der Nähe des Marion bereits gut bekannten Wanderweges abgestellt und auf ging es durch die sommerliche Wiesenlandschaft. In aller Ruhe weideten die Kühe, schlugen sie mit ihren Schwänzen und Ohren nach allzu aufdringlichen Plagegeistern, und gleichfalls in aller Ruhe gingen

Hanne und Marion an ihnen vorbei und immer weiter bis zur Vogelbeobachtungsstation. Genau die hatten sich aber auch schon andere zum Ziel erkoren und so war das Fernrohr fest im Griff einer Großfamilie, deren jüngere Mitglieder sich gerade um die Reihenfolge des Durchschauens balgten. Hanne und Marion gegenüber war man jedoch großzügig und ließ sie zwischendurch auch immer mal ans Fernrohr ran. Dankenswerterweise waren die interessanten Objekte in der Ferne dann immer schon im Visier und so entpuppte sich der weiße Fleck an einem der Flussarme als Silberreiher und die schwarzen Stangen dort, wo die Ache endgültig in den Chiemsee floss, waren in Wirklichkeit eine ganze Kolonie von Kormoranen, auf die Marion trotz ihrer Vogelliebe nicht gut zu sprechen war, weil sie mit den Fischern sympathisierte, denen die Kormorane die Fische klauten. Außerdem schissen diese „Zugezogenen" ständig auf die Bäume im Delta, was denen auf Dauer gar nicht gut tat.

Es dauerte nicht lange und Hanne und Marion wurde das Geschnatter und Gerangel des Jungvolks zu viel, freiwillig überließen sie der Großfamilie das Terrain und wanderten weiter, folgten einem Pfad, der meist nahe am See verlief. Zahlreiche Badebuchten gab es und sie schenkten ihnen immer wieder die schönsten Ausblicke aufs silbergrau glänzende Wasser und aufs Ufer gegenüber. Chiemsee einmal ganz anders. Ohne Berge dahinter. Und ohne Inseln. Aber mit dem gewohnten leisen Plätschern, das auf Hanne ähnlich beruhigend wirkte wie dereinst das stetige Fließen des Rheins.

Obwohl sie gegen Ende des Rundgangs einen Abkürzungsweg querfeldein einschlugen, fanden sie das Auto ohne Probleme wieder, da Marion es zufälligerweise genau dort abgestellt hatte, wo der Abkürzungsweg endete. Möglicherweise hatte sie aber ja auch einen vorausschauenden siebten Sinn, von dem sie noch nichts wusste.

Nach der Natur war nun die Kultur dran. Oder nein, zuallererst brauchte der Körper etwas Flüssiges und am besten auch gleich noch etwas süßes Festes und so setzten sich Hanne und Marion zunächst einmal vor ein geschmackvoll renoviertes Gasthaus in der Nähe, wurden nach einer Weile bedient von einem Herrn, der es heute sichtlich nicht mit dem Lächeln und auch nicht mit dem Sprechen hatte. Unbewegten Gesichtes brachte er die Speisekarte, nahm er die Bestellung entgegen, brachte er Kaffee und Topfenstrudel und später die Rechnung, fiel aus dieser Unbewegtheit erst heraus, als Hanne nach der Besichtigung einer Ausstellung in den oberen Räumen des Gasthauses statt des Lichtes im Treppenhaus aus Versehen das Licht im Flur ausmachte. Das fand er, gerade durch selbigen eilend, nun schon mal gar nicht zum Lächeln, fand so aber immerhin seine Sprache wieder.

„Damischweiberts" hallte es durch den Flur. Hanne hatte keine Ahnung, was dies Wort bedeutete, doch der Ton, in dem es ausgestoßen worden war, machte den Inhalt der Botschaft nur zu deutlich. Ein echt „fieser Möpp", wie sie zu so einem in Köln gesagt hätten. Aber, ehrlich gesagt, warum sollte einer auch unehrlich lächeln und freundlich tun, wenn ihm nicht danach war?

Schwamm drüber, sagte sich Hanne und erzählte Marion, die bereits vorgegangen war und draußen auf sie wartete, von der überraschend bewegten Reaktion des bis dahin so unbewegten Mannes. Marion lachte sofort los und bald konnten sie sich beide kaum noch halten vor Lachen. Das Leben war manchmal einfach zu komisch.

Gut gelaunt fuhren sie nach Aschau. Marion stellte das Auto mitten im Ort auf einem großen Parkplatz ab und munter plaudernd wanderten sie dem Park zu, in dem die Freilichtaufführung stattfinden sollte. Ein wenig Sorge bereitete ihnen die zunehmende Bewölkung. Aber würde schon gut gehen.

Ging nicht gut. Eine Stunde zu früh waren sie da, um auf jeden Fall einen guten Platz zu bekommen, und kamen so gerade rechtzeitig zum Beginn eines gewaltigen Gewitters. Es blitzte und donnerte und goss bald wie aus Kübeln. Wirklich. Die dekorativ aufgespannten Segel über den Holztribünen konnten die Anwesenden nicht mehr schützen, entluden stattdessen alle paar Minuten die angesammelten

Wassermassen über den Stufen, auf denen das Wasser bald förmlich stand.

Dank Marion eroberten sie jedoch bald ein trockenes Plätzchen im Orchesterzelt, in dem gerade der Geburtstag eines Zuschauers gefeiert wurde.

„Kimmts her, Madln", wurden sie eingeladen, näher zu treten und sofort wurde ihnen „a Schnapserl" und dann auch vom Sekt angeboten, mit dem sichtlich großzügig umgegangen wurde. Da er zusätzlich auch noch kräftig angereichert wurde mit Erdbeermus, sagte Hanne dankend nein, Marion aber sagte zu beidem dankend ja und bekam daraufhin ein kleines „Glaserl" und einen großen Becher in die Hand gedrückt. Als sich nach dem Glaserl dann aber auch der Becher Schluck um Schluck recht schnell leerte, fiel der genussfreudigen Marion plötzlich wieder die Rückfahrt ein, und als sie daraufhin das Gefühl beschlich, für den Rest des Abends genug Prozente zu haben, gab sie den Becher schleunigst an Hanne weiter.

Vom Gewitter etwas durcheinandergebracht und aus Rücksicht auf die großzügigen Feiernden neben sich, die Hanne auf keinen Fall beleidigen mochte, nahm sie den Becher an und trank ihn bis zur Neige. Nur wenige Minuten später blubberte der Alkohol durch ihre entwöhnten Adern und machte sich sofort auf den Weg zum Gehirn, was zur Folge hatte, dass sie in einem fort über alles Mögliche, vor allem jedoch über alles Unmögliche lachen musste, angesteckt von einer Marion, die schon seit geraumer Zeit zu kaum etwas anderem fähig schien.

Schließlich hatte das Gewitter ein Einsehen und verzog sich, der Regen ließ nach, die Tribünen wurden abgeschrubbt, große Müllsäcke als trockene Unterlagen verteilt, und mit nur zehn Minuten Verspätung begann das Stück „Wie es euch gefällt". Es gefiel Hanne gut. Was ihr nicht gefiel, war die Feuchtigkeit ihres Jeansanzugs, die nach und nach bis in die Unterwäsche vordrang. Leise setzte Frieren ein und lenkte ihre Aufmerksamkeit immer öfter ab vom Geschehen auf der Bühne und hin zur sich zunehmend kühler anfühlenden Nierengegend. Marion ging es ähnlich und um sich nicht den Pips zu holen, verließen sie das Theater in der Pause und machten sich auf den Weg zum Auto.

Aber wo war es denn? Längst wieder witzelnd und lachend waren sie losgegangen, erkannten jedoch plötzlich die Gegend nicht mehr, wussten nur mit einiger Sicherheit, dass sie hier auf dem Hinweg garantiert nicht vorbeigekommen waren. Wo waren sie hier nur! Hatte Marion nicht behauptet, sie kenne sich aus in Aschau?

Ja, eigentlich schon, aber hier war sie auch noch nie gewesen. Immerhin wusste sie noch den Namen des Parkplatzes, auf dem sie das Auto abgestellt hatte. Dummerweise gab es um diese Zeit auf der Straße weit und breit keinen einzigen Menschen, den sie nach dem Weg dorthin hätten fragen können.

Marion kicherte. Endlich mal wieder ein kleines Abenteuer.

Hanne wusste nicht, was es da zu kichern gab. Sie fühlte sich lieber sicher, ging Abenteuern nach Möglichkeit weiträumig aus dem Weg.

„Ach komm", sagte Marion und warf ihr einen amüsierten Blick zu. „Sei nicht so grantelig."

Stumm marschierten die beiden Frauen geradeaus, um sich dann gemeinsam auf das Paar zu stürzen, das gerade aus einer Querstraße angeschlendert kam. Pech. Das Paar war vor einer halben Stunde erst eingetroffen, um in Aschau Urlaub zu machen, hatte keine Ahnung von Straßen und Parkplätzen und leider auch keinen Ortsplan dabei.

Marion kicherte schon wieder. Ob ihr der Sekt, angereichert mit Erdbeermus, so zu Kopf gestiegen war? Verdammt. Wo war das Auto? Und wo war Marions siebter Sinn?

Hanne sehnte sich ins Warme und nach Hause und war erleichtert, als ihnen jemand entgegenkam. Doch dieser Jemand hatte es fürchterlich eilig, war vorbei, ehe sie ihre Frage hatten stellen können.

Oh weh, ihre armen Nieren. Wenn das noch lange so weiterging, wurde sie wirklich zur Grantlerin.

Ein Herr in Lederhose trat aus einer Haustür. Der würde sich doch wohl im Ort auskennen.

Er kannte sich bestens aus, lachte aber, als er hörte, zu welchem Parkplatz sie wollten, und zeigte schräg hinüber auf die andere Straßenseite. Mit den Augen folgten Hanne und Marion der ausgestreckten Hand und konnten es kaum glauben. Da war der Parkplatz ja und Marions feuerrotes Auto schon von weitem zu sehen.

Jetzt stellte sich für Hanne nur noch die Frage, wer von ihnen es fahren sollte. „Ich natürlich", wunderte sich Marion über diese Frage, klang auch wieder ganz nüchtern, und da sich Hanne nicht wirklich traute, das ihr fremde Gefährt im Dunkeln über die schmalen, kurvigen Straßen zu fahren, ließ sie sich notgedrungen auf dieses weitere Abenteuer ein.

Müde war Hanne jetzt, Marion hingegen überhaupt nicht, munterte die Gefährtin schnell wieder auf mit Geschichten aus ihrer Vergangenheit und als sie zum Abschluss einer etwas ernsteren Geschichte voller Überzeugung sagte: "Hauptsache, man kann noch lachen", Hanne spontan ergänzte: „über sich", und Marion sofort hinzufügte: „und über die anderen", da gab es wieder kein Halten mehr. Das war nun wirklich nur noch zum Lachen, weil so ganz und gar typisch für sie beide, und sie lachten so lange, bis Hanne plötzlich ein Schild ins Auge fiel, das Marion offensichtlich übersehen hatte.

„Marion! 30!!!!!"

Marion reagierte sofort und bremste ab, fuhr aber immer noch viel zu schnell hoch auf die einspurige Brücke irgendwo in der Wildnis und musste oben erkennen, dass sie nicht allein war auf der Brücke, ihr vielmehr ein Auto entgegenkam. Zu ihrer beider

Glück waren die Bremsen gut, Marion legte den Rückwärtsgang ein, fuhr zurück und zur Seite, bis der andere Wagen vorbei war. Danach hielt Hanne lieber erst einmal den Mund, um keine weiteren Ablenkungen zu provozieren. Was das gelegentliche Piepsen zu bedeuten hätte, wollte sie schließlich aber doch wissen.

„Der Tank ist leer", sagte Marion und schon lachte sie wieder.

Was? Der Tank war leer? Hanne fand das überhaupt nicht lustig.

„Ich hab`s dir deshalb auch lieber nicht gesagt. Aber mach dir keine Sorgen. Ich bin mit leerem Tank schon ganz schön weit gefahren und noch nie stehen geblieben."

„Es gibt immer ein erstes Mal", zitierte Hanne den Satz, den sie vor nicht allzu langer Zeit ausgerechnet von dieser Frau neben sich gehört hatte. Und dann, ja dann begann auch Hanne zu lachen und konnte kaum noch aufhören.

Diese Marion! Allein schon mit ihr unterwegs zu sein, war ein Abenteuer. Zum Ausgleich aber auch lustig. Beim nächsten Ausflug mit ihr würde sie sicherheitshalber allerdings selbst fahren, in ihrem eigenen Auto, mit vollem Tank, und sie würde sich genau merken, wo sie das Auto abgestellt hatte.

Wechselhaft

Es war noch früh am Morgen und Hanne erst eine Stunde außerhalb ihres Bettes. Getan hatte sie noch nahezu nichts, war aber schon wieder entsetzlich müde. Ob es daran lag, dass sie gestern Abend das Biowetter für den heutigen Tag gelesen hatte? Von Kreislaufschwäche war da die Rede gewesen. Und der lag tatsächlich völlig danieder.

Zu allem Überfluss war auch die Nacht zuvor nicht wirklich erholsam gewesen. Kaum hatte sie sich, hundemüde von den häufigen krankheitsbedingten Sonderschichten in der Cafeteria, ins Bett gelegt, war sie plötzlich wieder hellwach gewesen, war nach einigem Herumwälzen dann schließlich wieder aufgestanden, hatte sich ins Wohnzimmer gesetzt und dort durchs Fenster immerhin Fernsehen vom Feinsten geboten bekommen. Wetterleuchten hinter den Bergen.

Bei der nächsten Müdigkeitswelle war sie zurück ins Bett gegangen, doch das Wetterleuchten, nicht faul, war einfach mitgekommen, es hatte nur so geblitzt durchs Schlafzimmerfenster.

Lange nach Mitternacht war sie dann endlich doch eingeschlafen, aber bereits um sechs Uhr in der Früh äußerst unsanft geweckt worden vom lauten Lastwagenmotor beim Anbau in der Nähe, an dem gewöhnlich nur an Wochenenden und „nach der Arbeit", heute zur Abwechslung aber auch einmal

„vor der Arbeit" gebaut wurde. Dummerweise brauchte ausgerechnet sie heute nicht zur Arbeit.

Völlig antriebslos hing sie am Frühstückstisch. Es half wohl alles nichts, wenn sie munter werden wollte, sollte sie sich jetzt bewegen. Doch wohin? Vielleicht noch mal zum Rosen- und Kräutergarten nach Gstadt? Der Anblick hatte ihr so gefallen.

Ehe sie es sich anders überlegen konnte, stand sie auf, holte das Rad aus dem Keller und fuhr los, wurde nach und nach wirklich wieder munter, konnte zu ihrer Freude sogar feststellen, dass sie in den letzten Wochen bedeutend fitter geworden war. Die Anhöhen brauchte sie gar nicht mehr ganz hochzuschieben, es reichte meist aus, zwischendurch einmal kurz anzuhalten. Doch genau dieses kurze Anhalten war problematisch für sie, wenn sie ältere Rennradfahrer hinter sich wusste. Auf die war sie nicht besonders gut zu sprechen. Da hatte sie wohl ihre Vergangenheit noch nicht so ganz bewältigt, wie es in der psychologischen Fachliteratur so schön heißt.

Trotz einer gewissen Grundängstlichkeit war sie auf Kölns Radwegen mit Vorliebe freihändig gefahren und dabei immer wieder von entgegenkommenden, meist älteren, Rennradfahrern angeschnauzt worden: „Hände an den Lenker". Das hatte ihr damals nicht nur die gute Laune verdorben, sondern sie darüber hinaus auch empfindlich in ihrer Frauenehre getroffen. Einen Mann hätten die garantiert nicht so angeschnauzt. Und was hatten die überhaupt! Höchstwahrscheinlich waren sie neidisch gewesen auf die Leichtigkeit, mit der sie sich auf ihren breiten Reifen bewegen konnte.

Seitdem stieg sie also, wusste sie Rennradfahrer hinter sich, nicht einfach nur kurz ab, sondern putzte sich auffällig die Nase, zog was aus oder an oder kramte im Rucksack. Die sollten bloß nicht denken, sie käme nicht in einem Zug hoch. Äußerst fraglich, ob sie damit jemanden täuschen konnte. Äußerst fraglich auch, ob die Rennradfahrer sie überhaupt wahrnahmen. Ziemlich kindisch, das Ganze, sie gab es gerne zu.

Heute waren keine Rennradfahrer hinter ihr und so erlaubte sie sich nicht nur kurzes Anhalten, sondern auch eine lange Pause auf einem Hügel unter einem großen Kastanienbaum. Von diesem Platz aus sah sie hoch zu den dicken blaugrauen Wolkenschichten unmittelbar über ihr, dann hinüber zu dem hellen Himmelssee inmitten duftiger, weißer Wolken, dahinziehend über Bergen, die sich heute ganz in vornehmes Dunkelblau gekleidet hatten. Eine dicke dunkle Wolkenschlange verbarg das gewöhnlich gut sichtbare Bergmassiv hinter dem Achental. Von der Betrachtung des Himmels kehrten ihre Augen zur Erde zurück. Silbergrau lag der Chiemsee unter ihr, ein einziges Segelboot schipperte auf ihm herum. In der Ferne fuhr ein Traktor über die Wiesen. Hoch stand der Mais auf den Feldern, hatte bereits eine gelbbraune Tönung bekommen.

Nach einer Weile hatte Hanne genug geruht und geschaut und setzte ihren Weg nach Gstadt fort. Am Rosengarten angekommen, staunte sie dann aber. Wo war sie nur geblieben, die ganze Pracht?

Sie war buchstäblich im Eimer. Im Eimer des Mexikaners, der gerade dabei war, die verwelkten Blütenstände abzuschneiden. Der lang anhaltende Regen der letzten Wochen sei schuld am raschen Welken, behauptete er.

Ob es auch heute wieder regnen würde?

Hm. Vielleicht. Vielleicht aber auch nicht.

Gemeinsam schauten sie auf den See, dessen lehmgrüne Oberfläche aufgewühlt wurde von einem deutlich auffrischenden Wind. Dann wandte Juan, er hatte sich inzwischen vorgestellt, seinen Blick nach oben und betrachtete ausgiebig die Wolken, die am einen Ende fedrig und fächerförmig auseinander gezogen, am anderen Ende wie Watteschichten im Plastikbeutel faltig zusammengeschoben wurden. Hin und wieder segelte eine einsame, dicke, weiße Quellwolke dahin. Ganz langsam wanderte der blaue Himmelssee vor den Bergen dahin.

War das jetzt wieder einmal Föhn?

Ja und nein. Da kämpfte der Föhn gerade an gegen die dunkelgrauen Wolkenmassen über ihnen und es war noch längst nicht entschieden, wer die Oberhand behalten würde. Doch was den Regen anging, nein, so schnell würde der nicht kommen.

Dann wollte Juan gern wissen, wie weit Hanne noch fahren würde. Rund um den See?

Hanne lachte. Nein. Sie trainierte gerade erst dafür.

„Dann bis Seebruck", sagte er.

„Mal sehen", sagte Hanne und setzte ihre Fahrt fort. Sicherheitshalber legte sie allerdings ein wenig an Tempo zu. Diesen seltsamen Wolken traute sie nicht so ganz.

Sie fuhr schnell und immer schneller auf der ebenen Strecke am See entlang. Es machte regelrecht Spaß, die Kieswege entlang zu brausen. Schon war sie am Malerwinkel vorbei, und schon in Seebruck. Es war wirklich nicht weit bis dorthin und auch gar nicht anstrengend.

Sie fuhr zur Kirche, die, wie hier zu lesen war, auf dem Grund und Boden des ehemaligen römischen Kastells Bedaium stand, dessen Überbleibsel einen vorläufig letzten Ruheplatz gefunden hatten im Römermuseum direkt neben der Kirche.

Rein? Aber die Wolken da oben! Nein, lieber nicht. Einen schnellen Besuch stattete Hanne noch dem großen Yachthafen ab, aber ehrlich gesagt nur, weil sie nicht zum Uferweg zurückfand, dann zum Glück doch, und gleich darauf lag Seebruck wieder hinter ihr.

Ein nächster Blick zum Himmel. Weiter.

Im Nu war sie zurück in Gstadt. Oh, Juan war immer noch nicht fertig mit Rosenblütenschneiden. Weiter. Sofort.

Was rauschte nur so gewaltig über ihr? Eine Horde Wildgänse im Tiefflug. Wusch, waren sie über ihren Kopf hinweggeflogen und auf einer Wiese gelandet, auf der bereits eine ansehnliche Schar Artgenossen versammelt war. Die nächste Staffel kam angeflogen und stieß zum Trupp unten dazu. Hanne schaute und schaute. In Köln hatte sie Wildgänse immer nur in Formation hoch oben am Himmel dahinziehen sehen. Schließlich riss sie sich los. Weiter.

Die Bank unter dem Kastanienbaum kam in Sicht. Ein Blick zum Himmel. Oh, es war mit einem Mal bedeutend heller geworden. Da setzte sie sich ein zweites Mal auf die Bank unter dem großen Baum und schaute auf den See und die hellgrauen Wolken über ihm.

Woher nur der Tropfen kam? Da kam noch einer. Und noch einer. Hanne stand auf und … oh Gott, welch dunkle Wolkenwand hatte sich unbemerkt hinter dem Baum aufgebaut. Weiter. Sof…

Zu spät. Knall auf Fall kam alles runter, was sich heimlich über ihr angesammelt hatte. Die natürliche Folge: Sie ging baden.

Himmelkruzitürkennochamoal! Nicht schlecht, noch einmal so richtig fluchen zu können. Der Wettergott hatte wohl geahnt, wonach ihr heimlich der Sinn gestanden hatte und für einen echten Grund gesorgt. Himmeldonnerwetterschockschwerenot!!!

Zu Hause stieg sie aus den klatschnassen Klamotten und hinein in eine heiße Badewanne. Wieder trocken und angezogen musste sie lachen. Hatte eigentlich sogar Spaß gemacht, so durch den strömenden Regen zu brettern. Und es würde sicher genauso Spaß machen, ihre sportliche Glanzleistung mit einem Latte macchiato zu belohnen und dabei die Zeitung zu lesen. Regnete es noch? Nein. Also schnell rüber zur Bäckerei.

Wo war die Zeitung? Sie lag auf dem Tisch neben einem ihr noch unbekannten Herrn, der sich aber in einem lebhaften Gespräch befand mit einem zweiten Herrn.

„Brauchen Sie die Zeitung noch? Oder kann ich sie haben?"

Der Herr schaute auf. „Für a Mass Bier kriegst von mir alles. A Busserl tut`s aber auch."

Hanne warf ihm einen Luftkuss zu, nahm die Zeitung unter den Arm, den Latte in die Hand, und setzte sich nach draußen unter die Markise. Und gerade, als der Latte ausgetrunken und die Zeitung ausgelesen war, prasselte der zweite Schauer vom Himmel. Zum Glück saß sie dies Mal sicher unter der Markise. Das einzig Dumme war nur, dass sie gerade nach Hause hatte gehen wollen. Jetzt saß sie hier fest. Langsam aber sicher wurde sie ungehalten.

Dieses verdammte Hin und Her heute. Sie wollte nach Hause.

Himmeldonnerwetterschockschwerenot!!! Ganz so viel Spaß wie eben machte das Fluchen leider nicht mehr.

Ein Auto fuhr auf den Parkplatz. Ein Mann sprang heraus und sprintete unter die Markise. „So ein Scheiß-Wetter! So ein Scheiß-Klima hier. Dauernd regnet es. Und das nennt sich Urlaub! Wär ich nur schon wieder zu Hause."

Hanne warf einen Blick aufs Nummernschild. GL. Bergisch Gladbach im Bergischen Land, das als eins der größten Regenlöcher Deutschlands galt. Das behauptete zumindest ihre Kusine, die dort wohnte. Sie schaute noch einmal aufs Schild. GL. Gottes Lieblinge. So hatten sie vor den Navi-Zeiten in Köln die Fahrer aus dieser ländlichen Region genannt. Sie fuhren oft völlig unmöglich, geradezu riskant, doch aus irgendeinem Grunde hielt Gott seine schützende Hand über sie.

„Warum lachen Sie?", wollte der gestresste Urlauber wissen.

„Ach", sagte Hanne, „So ein Regen kann durchaus auch Spaß machen. Und wenn er das nicht tut, hilft Fluchen. Das haben Sie ja schon ganz gut drauf."

Des Urlaubers Blick blieb an ihrem noch leicht nassen Haar hängen. „Sie sprechen aus Erfahrung?"

Hanne nickte lächelnd. Da lächelte auch der gerade eben noch so genervte Mann. „Kann ich Sie auf einen Kaffee einladen?"

„Ja", sagte Hanne. Gerne. Und lehnte sich auf ihrem Stuhl zurück. Jetzt wollte sie lieber doch nicht mehr sofort nach Hause.

Heimat

Es war noch früh am Morgen, Hanne trat ans Fenster und schaute hinaus. Das Wetter ließ entschieden zu wünschen übrig. Ihre Stimmung auch. Erst gestern Abend war sie zurückgekommen von einem Besuch bei den Freundinnen in Köln, wo sie auch die beiden Söhne getroffen hatte, und nun fiel es ihr ein wenig schwer, sich wieder einzufinden im Chiemgau und in diesem Dorf.

„Platt wie `ne Flunder", dachte Hanne und legte sich wenige Minuten nach dem Aufstehen noch einmal ins Bett. Sie musste sich erst wieder akklimatisieren. So ohne war die Zeit in Köln auch nicht gewesen. Es war wunderbar gewesen, die ihr lieben Menschen wiederzusehen, doch nahezu rund um die Uhr im Gespräch zu sein, hatte sie auch gefordert. Und mehr als einmal war in ihr die Frage aufgetaucht, ob es richtig gewesen war, von diesen zugewandten und wohlwollenden Menschen fortzuziehen.

Träge schaute Hanne vom Bett aus in die Wolken und erst nach einer Stunde dämmerte ihr, dass sie den Kreislauf auf diese Weise garantiert nicht auf Trab bringen würde. Seufzend erhob sie sich und verordnete sich eine kleine Runde durchs Dorf.

Ohne Frühstück? Ach, wozu gab es denn eine Bäckerei in der Nähe. Sie hatte sowieso noch nicht viel Gescheites in der Wohnung.

Draußen war es zu Hannes Überraschung recht mild und aus den eben noch dunkelgrauen Wolken waren inzwischen hellgraue geworden.

Ja, wer saß denn da bereits bei einem ausgedehnten Frühstück vor dem Laden? Anne und Loisl winkten sie an ihren Tisch und schienen sich echt zu freuen über ihr Erscheinen.

„Du siehst etwas verknittert aus", begrüßte Loisl sie. „Ist dir Köln nicht gut bekommen?"

„Doch, doch", beruhigte ihn Hanne, „aber ich bin wohl noch nicht so ganz wieder hier angekommen."

„Du brauchst nur ein Bier und ein Paar Weiß...", setzte Loisl an, woraufhin Anne ihm einen derart sprechenden Blick zuwarf, dass er sofort den Mund zuklappte.

„Bereust du es, hergezogen zu sein?" Sachte strich Anne über Hannes Unterarm.

Mist. Jetzt kamen ihr auch noch die Tränen. Noch ein einziges nettes Wort und sie heulte an Ort und Stelle los. Sicherheitshalber gab sie erst einmal keine Antwort, sondern ging in die Bäckerei, um

166

sich ebenfalls ein Frühstück zu bestellen. Immerhin bekam sie jetzt sogar ein wenig Hunger und das war ein gutes Zeichen. Und mit den Freunden über ihren Aufenthalt in Köln plaudernd, kam sie auch langsam wieder in der neuen Heimat an. Und als Loisl, überraschend einfühlsam für seine Art, dann wissen wollte, wie das denn so sei, die ehemalige Heimat zu verlassen und an einen anderen Ort zu ziehen, da erzählte sie von den Zwiespältigkeiten, die sie hin und wieder überfielen.

Und Loisl und Anne? Kamen sie von hier?

Ja, beide waren in diesem Dorf aufgewachsen. Loisl kam, wie man immer noch sehen und hören konnte, aus einem urbayerischen Elternhaus, Anne hingegen hatte zwar einen einheimischen Vater, doch die Mutter kam aus einer Flüchtlingsfamilie, die nach dem Krieg im Dorf eine neue Heimat gefunden hatte. Das war nicht einfach gewesen, wusste Anne aus den Erzählungen ihrer Mutter. Anfangs waren die Flüchtlinge nicht überall gern gesehen gewesen, nach und nach aber doch in die Dorfgemeinschaft aufgenommen worden.

Schweigen trat ein. Alle drei schauten hinüber zum Bäckerjungen in seiner schwarz karierten Hose, die ihm in dicken Falten um die Beine hing. Mit ernstem Gesicht trug er sorgsam einen großen Korb voller Backwaren davon, um wenige Minuten später erlöst lächelnd mit leerem Korb zurückzukehren. Auftrag erledigt.

167

Mit einem Mal wurde es laut über ihren Köpfen, die Markise wurde ausgefahren. Die Sonne hatte den Durchbruch geschafft und strahlte nun von einem nahezu wolkenlosen Himmel herab.

Anne und Loisl standen auf. Sie hatten noch viel vor heute. „Shoppen in Rosenheim", sagte Loisl und es war ihm anzusehen, wie sehr er sich darauf freute. Im Fortgehen drehte er sich schnell noch einmal zu Hanne um: „Ciao bella." Und er warf ihr einen schmachtenden Blick zu. Doch Anne hatte es gesehen und stieß ihm den Ellbogen in die Rippen. „Nur Flausen hat der Mann im Kopf", sagte sie entschuldigend zu Hanne, ehe sie neben ihn ins Auto stieg.

Lächelnd sah Hanne ihnen nach, stand dann auch auf, um noch ein wenig durchs Dorf zu bummeln, was aber gerade jetzt und hier nicht gerade geradlinig möglich war. Zicke-zacke Hühnerkacke, erinnerte sie sich an einen Kinderreim und erfreute sich an ihren eigenen Kurven und Schleifen auf dem Asphalt.

Mensch, Huhn! Was wollte es denn nun! Direkt vor ihr rüber auf die andere Straßenseite oder lieber flügelschlagend neben ihr herlaufen? Aha, aus den halben Hühnchen waren in der Zwischenzeit ganze geworden, sahen allerdings noch arg gerupft aus. Wenn ihnen das heute mal bloß keinen Sonnenbrand bescherte. Aber vielleicht waren sie klug genug, sich hin und wieder in den Schatten des Hühnerstalls zu begeben. Ein schöner Hof war das hier. Dunkle Holzbalkone voller roter und rosa Geranien, große Töpfe mit Oleander nahe der Eingangstür, ein Birnbaum als Spalier an der Hauswand, eine Bank davor und daneben ein Garten mit vielerlei Gemüse, mit Ringelblumen und roten Dahlien am Holzzaun. Wie dicke gelbe Bälle lagen Kürbisse um den Kompost herum. Eine wahre Idylle. Die aber heute nicht so ganz gut roch. Auf einer der Wiesen nahebei wurde Jauche ausgefahren, „geodelt", wie man hier sagte.

„Grüß Gott." Hanne blickte erstaunt auf die Bäuerin, die offensichtlich im Garten gearbeitet hatte und sich nun aufrichtete. „Das Kreuz will mal wieder nicht so recht", sagte sie und stützte den Rücken mit den Händen ab.

Hanne mochte die Frau, hatte bereits hin und wieder ein paar Worte gewechselt mit ihr. Vor ihrem Mann dagegen hatte sie ordentlich Respekt. Der guckte immer so streng, wenn er auf seinem dicken Traktor mit mindestens hundert Sachen über die Dorfstraße donnerte.

Hanne blieb stehen und bald waren die Frauen im Gespräch über den schwindenden Sommer und den kommenden Herbst. „Ich mache Pause. Setzen Sie sich doch so lange zu mir", wurde sie eingeladen, und unversehens saß sie auf der Bank vor dem Birnenspalier und mitten drin in der Idylle.

Ein kleiner, etwas ramponiert aussehender Traktor kam die Straße herabgetuckert, hielt am Gartentor an, eine ältere Frau kletterte mühsam vom Sitz und kam zu ihnen hergehinkt.

„Griaßdi Maria". Hanne bekam ein Kopfnicken und einen prüfenden Blick.

„Griaßdi Resi, magst dich zu uns setzen?"

Resi setzte sich leise stöhnend und zog, Hanne traute ihren Augen nicht, eine Packung Zigaretten aus der Hosentasche.

„Was macht denn dein Rücken?", wurde sie von der Bäuerin gefragt.

„Schmerzt", sagte Resi, „die Ärzte wollen operieren, aber ich soll vorher unterschreiben, dass ich danach vielleicht querschnittsgelähmt bin. Nein, nein, nein, da tut`s mir lieber weh, aber ich lauf noch herum und kann wenigstens was mit den Armen tun." Sie verzog das Gesicht. „Aber so viel ist zu tun, viel zu viel bleibt liegen, es macht mich ganz närrisch, das zu sehen."

„Wenn das so weitergeht, wirst du dir bald eine Hilfe holen müssen", meinte die Bäuerin.

Resi schaute sie entsetzt an. „Gott bewahre. Not macht erfinderisch. Schweres wie das Holz für den Ofen trag ich nicht mehr, das pack ich in einen Sack und zieh es hinter mir her."

Was? Sie hatte immer noch eine Ofenheizung? Gerade für sie in ihrem Zustand waren Öl oder Gas doch viel günstiger.

Resi schüttelte vehement den Kopf. Auf keinen Fall. Die schönste Wärme kam immer noch vom Holz. Sie konnte es nur leider nicht mehr selber aus dem Wald holen und spalten.

Hanne schaute die Frau verblüfft an. Die hatte ja gearbeitet wie ein Mann.

Na klar, Für Resi war das selbstverständlich. Ein Leben lang hatte sie tüchtig zugelangt. Von klein auf sozusagen.

Hannes Blick fiel auf die Hände der Frau. An einer fehlte der Daumen. Resi hatte den Blick gesehen. „Da bin ich in eine Holzschneidemaschine geraten. Ein paar Zehen hab ich neuerdings auch weniger. Die wurden ganz schwarz und es dauerte eine Weile, bis die Ärzte merkten, dass das nicht vom Rücken kam, sondern eine Arterie am Knie zu war."

Dann wandte sich Resi wieder der Bäuerin zu und fragte, ob sie schon wisse, dass die Gret tot sei, die vom Gasthaus neben ihrem Hof da oben. Morgens hatten sie sie tot auf der Treppe gefunden, der Mann war vor ihr ins Bett gegangen und hatte nichts gemerkt. Die Gret hatte bis zum Schluss die ganze Arbeit gemacht und jetzt saß der Mann da, konnte nicht kochen und nichts tun. Ach, und sie selbst würde doch so gern wieder mehr tun und konnte wegen der Schmerzen nicht. Ein Jammer war das. Doch dann lachte Resi plötzlich. „Aber solange ich noch ratschen kann und Bulldog fahren, ist noch nicht alles verloren."

171

Vom Ende der Straße her war ein Traktor zu hören. Mühsam stand Resi auf. „Da kommt der Johann. Da räum ich jetzt lieber die Straße leer, eh der mit seinem dicken Bulldog meinen kleinen plattmacht. Den brauch ich noch. Mit dem fahr ich alleweil lieber als mit dem Auto. Mit dem Bulldog fahr ich auch einkaufen. Das ist so praktisch. Da kann ich die Sachen in den Frontlader legen und muss mich nicht bücken und heben, was ich ja nicht mehr kann."

Resi humpelte davon und gleich darauf fuhr Bauer Johann Traktor und Jaucheanhänger in den Hof. Er stieg vom Sitz und kam heran. Wer viel arbeitet, muss auch viel essen und so hatte Bauer Johann nicht nur einen dicken Bulldog, sondern auch einen dicken Bauch. Er stapfte heran, verzog nicht eine einzige Falte des sonnengebräunten Gesichts, als er Hanne erblickte, brummte etwas Unverständliches in seine Bartstoppeln und verschwand im Haus.

Hanne erschien es ratsam, nun ebenfalls das Feld zu räumen. Sie verabschiedete sich von der Bäuerin und nahm ihren Gang durchs Dorf wieder auf, blieb aber an der Kreuzung nahe der Kirche erneut stehen. Ein Plakat forderte ihre Aufmerksamkeit. Es lud ein zum Herbstfest in Rosenheim. Ob Peter wohl mit ihr hingehen würde? Peter. Noch ein netter Mensch hier. Ein sehr, sehr netter. Inzwischen trafen sie sich an allen Wochenenden, an denen Peter Zeit hatte, um etwas gemeinsam zu unternehmen.

Noch ein letztes Mal blieb Hanne stehen, als ihr am Dorfladen eine Zeitungsschlagzeile förmlich in die Augen sprang. „Erstes Wies`n-Opfer. Polizei knallt Kuh ab. Schlachtvieh spießt Frau auf."

Auf der Wies`n? Ja, war das Münchner Oktoberfest dies Jahr in den September verlegt? Oder war da etwa vom Rosenheimer Herbstfest die Rede? War dort ähnlich viel Remmidemmi zu erwarten wie in München? Dieser Ausflug war hiermit gestrichen. Da hatte Peter ja noch mal Glück gehabt. Der hatte es, wie sie wusste, genau wie sie lieber etwas stiller. Auf der Arbeit war schon genug los.

„Servus Hanne. Keine Zeit, muss sofort weiter zu meinem Spezi, Auto kaputt, Fahrrad platt, da muss ich jetzt auch noch laufen." Schon war der Sepp an ihr vorbei. „Sakradi. Warum muss so was immer mir passieren", hörte sie ihn im Weitergehen schimpfen.

Hanne sah ihm nach und Wärme breitete sich aus ums Herz. Als ob sie sich heute alle vorgenommen hätten, ihr das Heimkommen so leicht wie möglich zu machen.

Das Heimkommen? Kam sie heim? Ja, sie kam heim.

Was für ein Tag.

Hanne stand am Busbahnhof. Heute würde sie zwar nicht auf die Wies`n, aber trotzdem nach Rosenheim fahren. Peter wollte früher Schluss machen, um ihr die Stadt zu zeigen, in der er arbeitete, und weil sie Fahrten über Land so liebte, hatte sie beschlossen, nicht mit dem Zug, sondern mit dem Bus zu fahren, auch, weil es ganz nah an Peters Arbeitsstelle eine Haltestelle gab.

Mit weiteren potentiellen Fahrgästen stand sie vor der noch verschlossenen Bustür und wartete auf den Fahrer. Ein älterer Mann schlenderte heran. Leicht verwahrlost sah er aus, hatte ein altes Käppi auf dem Strubbelhaar, eine dicke Sonnenbrille auf der Nase und eine Unzahl von Tatoos auf den Unterarmen. Das war ja wohl hoffentlich nicht der Fahrer.

Sobald der Mann die Schlüssel aus der Hosentasche zog, war klar, dass genau dieser Mann der Fahrer dieses Busses und zudem genau die Sorte Bayer war, wie er Hanne in Köln in Aussicht gestellt worden war, um sie im Rheinland zu halten. Er schaute schlecht gelaunt drein, bekam beim Grüßen kaum die Zähne auseinander und war für eine ehemalige Rheinländerin fast nicht zu verstehen.

Alle Fahrgäste waren eingestiegen, der Bus fuhr los, hielt nach wenigen Metern jedoch wieder an. Hup, hup…

Hanne schaute aus dem Fenster und konnte es kaum glauben. Da hatte jemand sein Auto doch tatsächlich mitten in der Busausfahrt geparkt.

Hup, hup… Kein Fahrzeugbesitzer weit und breit. Hup, hup… huuuup, huuuup…

Gerade als der Fahrer versuchte, mit allen nur möglichen Manövern doch noch am verkehrswidrig abgestellten Auto vorbeizukommen, hinkte ein alter Mann herbei.

Der Busfahrer öffnete das Fenster. Oh je, jetzt würde aber einer so richtig zur Sau gemacht werden.

„Hast schon mal das Schild gesehen „Absolutes Halteverbot""?

„Ich hab`s schon gesehen", gestand der ehrliche Mann. „Aber weißt ja, wie`s ist."

Und der Fahrer? Hanne traute ihren Ohren nicht, der sagte, mit einem Mal ganz freundlich, „Fahr ma a Stickl vor. Sei so gut." Wow.

Das Auto wurde vorgefahren und endlich war der Bus doch noch auf dem Weg nach Rosenheim. Es war eine wunderschöne Fahrt. Kleine und große Ortschaften, Wälder, Wiesen und Äcker. Und in der Ferne die Berge.

Der Busfahrer hatte das Radio an und da Hanne wieder ganz vorne in der ersten Bank saß, konnte sie die Verkehrsnachrichten gut mithören. An diesem Nachmittag war echt was los auf den deutschen Autobahnen. Auf einer lagen Getränkekisten, auf einer anderen stand ein Rollator herum, auf einer dritten sammelte ein Lastwagenfahrer Reifenteile ein. Bei den nächsten Verkehrsnachrichten waren die Reifenteile zwar eingesammelt, doch statt eines Lastwagenfahrers tummelten sich nun auf einer anderen Autobahn zwei Stiere.

175

Das war nun wirklich nicht zum Lachen. Aber irgendwie auch doch. Was war denn das! Es tat einen Schlag hinten im Bus und dann erfolgte ein dumpfer Knall! Hatte auf ihrer Straße auch etwas gelegen, was da nicht hingehörte?

Der Fahrer hielt an, ging um den Bus herum nach hinten und öffnete eine Klappe. Eine Rauchwolke zog über das Dach des Busses hinweg und es roch ziemlich verbrannt.

Nach einer Weile kam der Fahrer zurück. „Sauber", knirschte er zwischen den Zähnen hervor, schwang sich wieder in seinen Sitz und fuhr, mit irgendeiner Hotline telefonierend, nahezu im Schneckentempo weiter. „Einen Schlauch an der Kühlung hat`s zerrissen", hörte Hanne ihn berichten. Eine Weile ging es hin und her am Handy, dann hielt der Fahrer erneut an, diesmal an einer Haltestelle, stieg aus und schaute sich ein weiteres Mal die Bescherung an. „Kruzifix", fluchte er, als er in den Bus zurückkam und den Motor abstellte.

„Es tut mir schrecklich Leid", wandte er sich dann mit einem wahrhaft jammervollen Blick an seine Fahrgäste, „diese Fahrt endet hier. Der nächste Bus kommt aber schon in einer Stunde."

Was? Erst in einer Stunde? Hanne zückte ihr Handy und rief Peter an. Was meinte der zur Lage? „Passt wunderbar. Ich bin sowieso noch nicht fertig. Da komme ich eine Stunde später zur Haltestelle."

Eine Stunde hier herumstehen? Wo war der Kavalier in ihm geblieben? Enttäuscht musterte Hanne den Fahrplan, sah, dass die kommenden Haltestellen gar nicht so weit auseinander lagen, und beschloss, diese Stunde wandernd zu verbringen. Eine gute Idee. Als sie in den nächsten Bus stieg, hatte sie sich ihren Frust weitgehend abgelaufen.

An der von Peter angegebenen Haltestelle stieg sie aus und blickte sich um. Wo war Peter? Hier jedenfalls nicht. Schon befand sich ihre Stimmung erneut auf Talfahrt, die jedoch sogleich aufgehalten wurde durch das Schauspiel vor ihren Augen. Am Pizzastand nahebei flog in hohem Bogen ein Pizzaviertel durch die Luft und landete, platsch, auf dem Bürgersteig. Der Besitzer sah ihrem Flug mit noch erhobener Hand fassungslos zu und schaute gleich darauf empört zwei jungen Leuten hinterher, die ihn wohl im Vorbeigehen angestoßen hatten.

Hanne verbiss sich das Lachen, wollte sich gerade abwenden, als das nächste Geschoss durch die Luft flog und eine Kuchenform samt Inhalt, platsch, auf der Straße landete. Die Form hielt, der Kuchen nicht. Eine Radfahrerin hielt an, sammelte die Reststücke ein und beförderte sie in den Abfalleimer. Sie nahm es auffällig gelassen. „Das war mal ein Kuchen", sagte sie und fügte einsichtsvoll hinzu, das könne passieren, wenn man die Kurven zu schnell nähme und seine Ladung nicht gut genug befestigt habe. Sie legte die Form in den Fahrradkorb zurück und

177

radelte davon. An der konnte man sich wahrhaftig ein Beispiel nehmen, fand Hanne und erinnerte sich an Peter. Wo blieb der Mistkerl? Da kam er ja. Zu seinem Glück.

Peter strahlte sie an. Er schien sich zu freuen, ihr die Stadt zeigen zu können, führte sie zum Rathaus aus Backstein und zum Lokschuppen, der längst kein Schuppen für Loks mehr war, sondern eine noble Unterkunft für Kunstwerke, und ließ sie dann einen Blick werfen in die für bayerische Verhältnisse auffallend schlichte Pfarrkirche St. Nikolaus, die fast ganz ohne Stuck, Gold und Marmor auskam, dafür aber derart bunte Fenster hatte, dass das Tageslicht die allergrößte Mühe hatte, hindurchzukommen. Sie bummelten noch durch ein paar Einkaufsstraßen und landeten schließlich auf dem Stadtplatz.

„He, der Münchner Isarpreiß", hörte sie es plötzlich rufen, ein Mann blieb stehen und hieb Peter kräftig auf die Schulter. Dem schien das nicht allzu viel auszumachen. „Ein Kollege", sagte er noch schnell zu Hanne, ehe er sich dem Mann zuwandte.

Da standen die Herren und scherzten und alberten. Und da stand Hanne und fand das überhaupt nicht lustig. Gerade wollte ihre Laune zum wiederholten Male heute bergab schlittern, als vom Eiscafé eine kräftige Männerstimme bis zu ihr drang. „Uno espresso prego", sang, ja, sang ein Kellner und setzte schwungvoll ein Tablett auf einem Tischchen ab. „Buongiorno... si, signorina", tönte es gleich darauf aus der entgegengesetzten Ecke und nur wenig später wurde ein lautes „Grazie. Arrividerci", in die Lüfte geschmettert. Lächelnd schaute Hanne dem zwar recht beleibten, aber nichtsdestotrotz auffällig behänden Kellner zu.

War sie da etwa gemeint? Von einem der Tischchen winkte ihr ein Mann zu. Jetzt erhob er sich und kam auf sie zu. „Hallo, Frau Kölnerin".

Das war doch der Urlauber aus dem Bergischen Land, der ihr vor der Bäckerei einen Kaffee ausgegeben hatte. Wieso war der immer noch im Lande, wo er doch am nächsten Tag hatte abreisen wollen?

„Da staunen Sie, nicht wahr", lachte der Herr aus Bergisch Gladbach, „aber nachdem ich, wie von Ihnen empfohlen, kräftig geflucht hatte, wurde das Wetter jeden Tag besser und da bin ich denn doch geblieben, hatte ja auch für vier Wochen gebucht. Ich war auch immer mal wieder in der Bäckerei, habe sie aber leider nie mehr dort angetroffen. Umso schöner, Sie so unverhofft wiederzusehen."

Das zu hören tat ihr sehr gut und der folgende Satz war geradezu Balsam für ihre so schmählich missachtete Weiblichkeit. „Kann ich Sie auf ein Eis einladen?"

Sein Interesse an ihr war deutlich. Hanne warf schnell einen Blick zu Peter hinüber. Ja mei, wie schaute denn der drein.

„Ja?" Der Herr aus Bergisch Gladbach wartete auf Antwort.

Hanne schüttelte bedauernd den Kopf und gab ihm zu verstehen, dass sie nicht allein hier sei.

Wie schade. Aber morgen?

Hanne warf einen zweiten Blick hinüber zu Peter, der ganz offensichtlich das Interesse an weiteren Witzeleien verloren hatte, und wandte sich wieder dem freundlichen Urlauber zu.

Ja, morgen würde sie gerne einen Kaffee mit ihm trinken. Am besten wieder bei der Bäckerei.

„Wunderbar", freute sich der Herr. „Bis morgen also, meine Liebe."

Spontan reichte Hanne ihm zum Abschied die Hand, die er hochzog, um formvollendet einen Handkuss anzudeuten. Dann ging er zu seinem Tisch zurück.

Und Peter wandte sich endgültig wieder ihr zu. „Wer war denn das?"

Hanne erzählte ihm ausführlich, wer das war, und mahnte dann das Abendessen an, das er ihr bei der Planung des Stadtbummels in Aussicht gestellt hatte. Sie hatte es nötig. So viel gegangen wie heute war sie schon lange nicht mehr. Erst wurde sie nicht abgeholt, sondern musste zu Fuß weiter, dann war sie, das allerdings freiwillig, mit ihm durch die halbe Stadt gelaufen.

Bald saßen sie vor einem Gasthaus und studierten die Karte. Wie gewöhnlich gab es viel Fleischiges, aber auch Semmelknödel mit Schwammerlsoße. Sie schmeckten ihr gut und über seinen Weißwürsten erholte sich auch Peter allmählich wieder.

„Derf's bei Eahna no wos sein?" Erschrocken fuhr Hanne auf. Die Bedienung im Dirndl hing ihr förmlich im Nacken und ermöglichte ihr so einen sehr, sehr tiefen Einblick in einen sehr, sehr tiefen Ausschnitt. Hanne wurde rot. So viel nackte Haut war ihr entschieden zu viel. Das war sie auch nicht gewohnt. Im erzkatholischen Köln wäre kaum eine Frau so auf die Straße gegangen. Aber war Bayern nicht auch erzkatholisch. Ein seltsames Land war das. Mit seltsamen Sitten.

Verstohlen schielte sie zu Peter hinüber. Den schien der Anblick nicht zu stören. Er war ihn aber ja auch gewohnt. Ob sie sich auch einmal ein Dirndl zulegen sollte?

Hanne schaute an sich herab und seufzte. Für alle Welt deutlich erkennbar war da nicht viel, was sie in einem Ausschnitt hätte zur Schau stellen können. Auch an einer anderen Stelle war viel zu wenig dran an ihr. Schmerzhaft wurde ihr bewusst, dass weder der Stuhl noch sie über ein Polster verfügten, dass ihr ein weiteres Verweilen an diesem Tisch erlaubt hätte.

„Gehen wir?"

Peter war es recht. Gemächlich schlenderten sie zum Parkplatz, wo er morgens sein Auto abgestellt hatte. Längst war die Abenddämmerung hereingebrochen, waren die Lichter in den Straßen und Schaufenstern angegangen, und so bot Rosenheim, die Stadt mit dem so überaus romantischen Namen, auch noch ein überaus romantisches Bild. Doch sofort stellte Peter klar, dass es außerhalb der renovierten Innenstadt vorbei sei mit der Romantik, dass die drittgrößte Stadt Oberbayerns im Wesentlichen ein Einkaufs- und Verkehrszentrum sei und in den Randbezirken zusätzlich viele Industrieanlangen beherberge.

Sie fuhren gerade über den Inn, als Peter fragte, ob sie noch ein wenig spazieren wolle. Am Ufer des Inns sei es wieder sehr romantisch.

Klar wollte Hanne. Peter parkte, sie stiegen aus und gingen zum Fluss hinunter.

Dunkel war es hier, still floss der Inn dahin, einzig die Lampen am Uferweg brachten ein klein wenig Helligkeit ins Spiel, malten kreisrunde Lichter aufs nahezu schwarze Wasser.

„Vorsicht Stufen", sagte Peter und legte, nun wieder ganz der Kavalier, den Arm um ihre Schultern. Das war nun allerdings Romantik pur. Ob heute wohl Vollmond war? Die vielen Um- und Unfälle legten es nahe.

Hanne warf einen Blick zum Himmel. „Neumond", sagte Peter und grinste sie an. Sie sahen sich in die Augen … und prusteten los. Und dann nahmen sie sich bei der Hand und gingen, ganz still geworden, nebeneinander den Fluss entlang.

Michaelimarkt

„Kommst du mit zum Michaelimarkt?", hatten Anne und Loisl gefragt und so stand Hanne jetzt mitten in Grassau im Gewühle. Rund um die Kirche und in nahezu allen umliegenden Straßen waren dicht an dicht Buden aufgebaut. Gerade gingen sie vorbei an einem Gesundheitsstandl. Brauchte sie Pferdesalbe oder Teufelskralle?

„Halt", rief Loisl und blieb ruckartig stehen, um drei gestandenen Mannsleuten hinter einer langen Theke eine braungebratene, zwecks besserer Handhabung in eine Semmel geschobene Wurst abzukaufen.

„Geht schon weiter, ich hol euch sowieso ein, und wenn nicht, dann wartet beim Viehmarkt an der Festwiese auf mich."

Keineswegs ungern gingen Anne und Hanne allein weiter. Endlich keiner mehr da, der sie drängte, nicht immerzu bei uninteressantem „Graffl" (Gerümpel) stehenzubleiben. Nun ja, Hanne musste es zugeben, im Grunde war das hier auch wirklich nichts anderes als ein Billig-Kaufhaus auf der Straße. Aber was es da nicht alles gab! Messer, Töpfe, Pfannen, vor allem die besonderen, in denen nie was hängenblieb, Fensterputzgeräte aller Art, Bambis in Klein und Groß, Traumfänger, Hexen mit und ohne Besen, Einhörner und Spitzendeckchen, natürlich auch Mützen, Hüte, Büstenhalter, Hemden, Hosen, vor allem aber Socken, Socken, Socken. Ziemlich viele schienen sie im Chiemgau zu verschleißen.

In aller Ruhe bummelten Hanne und Anne an den Ständen entlang, als immer deutlicher Musik an ihre Ohren drang. Mit Harfe und Akkordeon unterhielt ein junges Paar die Vorübergehenden. Die Frauen blieben stehen, um zuzuhören, doch das Gelächter am Bierwagen ganz in der Nähe wurde zunehmend lauter und übertönte immer häufiger die sanften Klänge der Harfe.

Hanne sah es ein. An einem solchen Tag musste das Bier einfach fließen. Laufend ausgeschenkt wurde es von drei feschen jungen Burschen in der kurzen Ledernen, mit hoffentlich noch etwas länger weißem Hemd und Weste.

Die Festwiese tauchte auf. Dort sollte der Viehmarkt sein. Doch wo, bitte, war das Vieh? Konnte man die wenigen Enten und Hühner, die zwei Hähne, die paar Meerschweinchen und Kaninchen wirklich zum Vieh zählen? Immerhin standen drei Ponys und zwei Zwergponys auf der Wiese. Wo aber waren die Kühe? Die Stiere? Die Pferde?

Einst waren die Tiere der Stolz der Bauern gewesen, heute war es der Bulldog. Statt zum Viehmarkt war die Wiese dies Jahr zum Maschinenpark geworden. Eine Landmaschinenausstellung lockte die Bauern von nah und fern. Blank geputzte Traktoren nebst Zubehör glänzten in der Sonne.

„Ja, was macht denn ihr in der Welt der Männer?" Loisl war wieder da. Anne runzelte die Stirn. „Ist ja gut", beschwichtigte Loisl, „ich weiß doch, dass du Bulldog fahren kannst."

„Ja, wirklich?" Fragend schaute Hanne die Freundin an.

Ja, wirklich. Anne hatte einige Jahre bei dem Bauern gearbeitet, auf dessen Hof ihre Mutter nach der Flucht untergekommen war, doch der Bauer hatte den Hof längst an den Schwiegersohn übergeben, der sie bald nicht mehr gebraucht hatte, weshalb sie nun in einem Gartenbaubetrieb nahe Rosenheim arbeitete.

„Nun kommt schon", drängelte Loisl bereits wieder. Bulldogs interessierten ihn nicht besonders, eher schon die PKWs, die es auch hier auf dem Markt geben sollte.

Gemeinsam gingen sie über den Platz mit den Kinderkarussells, wichen geschickt der Zuckerwatte aus, die ein kleiner Bub fröhlich durch die Luft schwenkte, bedauerten die arme Kleine, der bei einem plötzlichen Windstoß ein prall aufgeblasenes Luftballonpferd um die Ohren flog, was zu jähem lautem Geschrei führte, das erst zu stoppen war mit der genauso prall gefüllten Biene Maja, und standen endlich vor dem Platz mit den heute ebenfalls auf Hochglanz polierten und in der Sonne glänzenden Autos.

„Wir gehen schon mal weiter", sagten Anne und Hanne wie aus einem Munde und versprachen, vor der Kirche auf Loisl zu warten.

185

Vor der Kirche war es rappelvoll. Ein Biergarten mit langen Tischen und Bänken war aufgebaut worden und daneben eine Bühne für die Blasmusikanten, die nur noch auf Anne und Hanne gewartet hatten mit dem ersten Lied, mit dem sie sich aber wohl gleich verausgabt hatten, denn ein zweites folgte erst mal nicht, stattdessen lief ein Bursche mit einem vollen Korb Bierflaschen durch die Reihen der Musikanten. Blasen machte überaus durstig.

Schwer legte sich von hinten eine Hand auf Hannes Schulter. „Na, Madl, magst a Steckerlfisch?"

Was war Steckerlfisch?

Loisl schob sie den Biergarten entlang und ihr wurde warm und wärmer und schließlich heiß, als sie vor dem riesigen Kohlebecken stand, über dem mehrere Fische gegrillt wurden, bewacht und gewendet von zwei Herren in Tracht.

Hanne schaute hin und gleich wieder weg. Nein, keinen Steckerlfisch. Wie könnte sie einen Fisch essen, der sie, von der Schwanzflosse bis zum Maul aufgespießt, mit schreckgeweiteten Augen ansah. Lieber war ihr ein Brötchen mit Fischfilet. Obwohl, genau betrachtet, hatte auch ein Filet einmal Augen gehabt. Aber die konnten einen wenigstens nicht mehr vorwurfsvoll anglotzen.

Loisl holte sich die zweite Wurst und ein Bier, Anne wollte nur ein Bier, nach längerem Umherschauen fanden sie noch Platz am Rande des gut gefüllten Biergartens und jeder schaute still in die Runde,

186

nachdem sie den Versuch, sich zu unterhalten, bald wieder aufgegeben hatten. Die „Blasmusi" war immer lauter.

Hanne genoss es, einfach dazusitzen und zu essen, und als sie ihre Augen wandern ließ, erblickte sie auf einer Bank abseits eine alte Frau in Tracht, die still und gelassen dem Trubel um sie her zuschaute. Ihre Augen begegneten sich und da neigte die alte Frau den Kopf ein wenig und lächelte ihr ganz leicht zu, ehe sie wieder in die Menge schaute. Wie eine weise alte Frau sah sie aus und am liebsten wäre Hanne zu ihr hingegangen. Aber was hätte sie sagen oder fragen sollen? Es fiel ihr nichts ein.

Unruhe flammte auf am Ende des Biergartens, wo sich eine Gruppe junger Männer zusammengefunden hatte. Wütende Rufe wurden laut, Schimpfwörter flogen durch die Luft und Fäuste wurden geballt. Ein älterer Mann versuchte zu beschwichtigen, wurde aber grob zur Seite geschoben. Nicht mehr lange und eine wüste Prügelei würde losgehen. Hanne wurde absolut unwohl, am liebsten wäre sie auf der Stelle aufgestanden und gegangen, doch wer tatsächlich aufstand, das war Loisl. Schon war er bei den jungen Burschen.

„Prügelt euch wo ihr wollt, aber nicht hier!", sagte er laut in einem, Hanne an ihm gänzlich unbekannten, Ton und schaute den Burschen fest in die Augen.

Hanne hielt den Atem an. Gleich würden sie auf ihn losgehen. Nein, sie senkten die Fäuste und Köpfe, einer ging davon, die übrigen wandten sich wieder ihren Bierkrügen zu.

„Ich kenne dich kaum wieder", sagte Hanne schwer beeindruckt, als Loisl mit einem weiteren Bier zum Tisch zurückkam. „Wo hast du denn nur gelernt, so aufzutreten?"

„Bei der Polizei natürlich", sagte Loisl.

Stimmte ja, sie wusste doch, dass er im Polizeidienst war. Aber irgendwie hatte sie in ihm immer einen gemütlichen Büro-Polizisten gesehen, einen, der am Schreibtisch saß und Beschwerden aufnahm, auf keinen Fall aber einen, der ihnen tatkräftig nachging. Nun wollte sie es aber genau wissen, wo bei der Polizei er arbeitete, und musste dann erst einmal verdauen, was sie zu hören bekam. Loisl fuhr Streife im Münchener Bahnhofsviertel. Nie, niemals hätte sie das von ihm gedacht. Wie man sich doch täuschen konnte.

Aber er konnte doch kein Blut sehen. Nur zu gut erinnerte sie sich an seinen Anruf auf dem Ausflug nach Hirnsberg.

Anne lachte und zwinkerte ihrem Mann zu. Fremdes Blut und eigenes, das waren zwei Paar Schuhe und der Loisl eben ein Mann voller Widersprüche. Aber genau so mochte sie ihn.

Loisl grinste nur und trank in aller Ruhe sein zweites Bier, Anne leerte ihr erstes, Hanne wischte sich die Butter von den Lippen, dann brachen sie wieder auf und während der gesamten Rückfahrt konnte Hanne es kaum glauben, dass der Loisl auch noch ganz anders war als gedacht. Wie viele Menschen in ihrer Umgebung waren wohl auch noch ganz anders als gedacht? Kein Schubladendenken mehr, nahm sie sich fest vor. Und konnte es immer noch nicht wirklich glauben. Loisl fuhr Streife. In München. Aber war auch nicht schlecht zu wissen. Wenn ihr demnächst mal jemand was wollen sollte, dann würde sie sofort zum Loisl gehen.

Sonntag

Es war wieder einmal Sonntag. Hanne hatte keine Verabredung, auch keinen Dienst in der Cafeteria und wusste nichts so recht mit sich anzufangen. Sollte sie wieder einmal eine Radtour machen?

Sie warf einen Blick aus dem Fenster. Einladend sah es draußen nicht aus. Ein kräftiger Wind jagte dicke dunkle Wolken über die neblig eingetrübten Berge und wie in den letzten Tagen sah es auch heute sehr nach Regen aus. Also keine große Tour. Sie würde nur so weit fahren, wie es ihre und des Wetters Laune erlaubte. Und wohin sollte es gehen? Ach, einfach mal drauflos.

Sie fuhr zum Dorfrand, bog in den schmalen Weg durch die Wiesen ein und hätte, oh Schreck, beinahe eine Ente überfahren, die mucksmäuschenstill direkt hinter der Biegung stand. Weitere Enten hatten die vom Regen der letzten Tage geschaffenen Tümpel auf der Wiese zum See erklärt und schwammen lebhaft schnatternd auf ihm umher. Dass die Luft über Nacht reichlich kühl geworden war, machte dem Federvieh nichts aus. Hanne aber schon. Da half nur Warmstrampeln.

Eilig durchquerte sie einen dunklen Wald, atmete auf, als endlich wieder grüne Wiesen auftauchten, lauschte den Rufen der Raubvögel hoch oben und beobachtete im Vorbeifahren eine Katze, die mit gespitzten Ohren vollkommen reglos im Gras saß. Die Landschaft hatte sich verändert, fiel ihr plötzlich auf. Was letzte Woche noch Stoppelfeld war, war heute wieder Acker, nirgends lag mehr Heu, aber an den Wegrändern lagen zunehmend mehr braungelbe Blätter. Es herbstete ganz gewaltig.

Wie oft sonntagmorgens war sie allein unterwegs. Keine Radfahrer, keine Wanderer, noch nicht einmal Autos. Erst in der nächsten kleinen Ortschaft wurde wieder menschliches Leben sichtbar. Auf dem Spielplatz schubste ein Vater seinen Sohn auf der Schaukel an, am Feuerwehrhaus öffnete jemand das große Tor, fuhr einen blitzroten Wagen heraus, stieg aus, schloss das Tor sorgfältig, stieg wieder ein und fuhr davon. Ohne jegliches Trara. Ganz manierlich. Da fuhr auch Hanne davon. Ganz manierlich. Ganz ohne Eile und Ziel. Aber weiterhin schnell. Der Wind blies immer noch kalt.

Bald war sie in der nächsten Ortschaft. Eine Kirche, ein paar Häuser, letzte Ringelblumen und Rosen, und ein Walnussbaum, der die meisten Nüsse bereits abgeworfen hatte. Und eine Krähe mit etwas sehr Dickem im Schnabel, das urplötzlich vor Hanne auf den Weg niedersauste. Eine Walnuss. Hatte die Krähe den Schnabel aus Versehen geöffnet oder gar mit Absicht? Vielleicht war sie ein kluges Köpfchen und dachte, die Nuss springe so auf. Sollte sie ihr die Nuss stibitzen?

Nein, wie gemein. Sie gönnte ihr die Beute. Aber sich selbst würde sie jetzt auch gern etwas gönnen an diesem kalten Tag. Sie war und blieb eben eine unverbesserliche Kaffeetante.

Hanne hielt an und dachte nach. Lag nicht direkt am Chiemsee ein Café, das nur an den Wochenenden geöffnet hatte? Nach kurzem Nachdenken fiel ihr tatsächlich ein, wo es war, und nun hatte sie doch ein Ziel und machte sich sofort auf den Weg dorthin. Der Himmel schien völlig einverstanden mit ihrem Vorhaben, öffnete sogleich mehrere Wolkenfenster, und plötzlich wurde sie warm eingehüllt von den Strahlen der Sonne, die sofort die Gelegenheit ergriffen hatte, den Sonntag mit ihrem Glanz auch noch zu einem Sonnentag zu machen. Trotz des kühlen Windes war es Hanne mollig warm, als sie beim Café eintraf, und so suchte sie sich einen Platz auf der Terrasse, auf der in einer windgeschützten

Ecke bereits einige Tische besucherfein gemacht worden waren.

Noch saß niemand draußen, Hanne hatte die freie Auswahl und setzte sich dicht ans Wasser, das in der Sonne silbern flimmerte.

Leise plätscherten die Wellen ans Ufer. Bläßhühner schwammen zu ihren Füßen, platsch, tauchten sie ab und, platsch, tauchten sie wieder auf. An den Tauchstellen entstanden Kreise und breiteten sich aus, immer weiter und weiter, bis sie schließlich nicht mehr zu erkennen waren.

Unverwandt schaute Hanne aufs Wasser, auf die sich kräuselnden Wellen, und je länger sie schaute, desto mehr bekam sie das Gefühl, sich auf einem Schiff zu befinden und über den See zu fahren. Das Schwirren von Flügeln holte sie auf die Terrasse zurück. Ein Trupp Enten kam angeflogen, drosselte abrupt die Geschwindigkeit, fuhr die Füßchen aus und landete auf dem Wasser, das hell funkelnd nach allen Seiten aufspritzte.

„Griaßdi. Kann ich mich zu dir setzen?". Fasziniert vom Lichterspiel auf dem See hatte Hanne die Frau, die jetzt an ihrem Tisch stand, weder kommen hören noch sehen und blickte erstaunt auf.

„Das ist nämlich mein Stammplatz", erklärte ihr Gegenüber und lehnte ein paar Krücken an den Tisch. War das nicht die Resi? Im Sonntagsstaat war sie kaum wiederzuerkennen.

„Setzen Sie sich", lud Hanne sie ein.

„Schön, dich wiederzusehen. Ich bin die Resi", sagte die Bäuerin und hielt ihr die Hand hin. Erfreut nahm Hanne die dargebotene Hand. Sie fühlte sich geehrt.

„Ich bin die Hanne", sagte sie und wollte dann wissen, ob Resi etwa auch in der feinen Tracht mit dem Traktor gekommen sei.

Resis Miene verdüsterte sich, sie zog die Zigaretten aus der Rocktasche und zündete sich eine an. Nein, heute war Sonntag, heute war sie mit dem Auto gekommen. Aber auch in der Woche würde sie vorerst nicht mit dem Bulldog fahren, weil nämlich diese freche Polizistin behauptet hatte, mit einem Frontlader dürfe man außerhalb des Hofes nichts transportieren. Die hatte plötzlich im Hof gestanden, den beladenen Frontlader gesehen und sie dann angeschnauzt, dass es eine Unverschämtheit war. Dass sie sich das hatte gefallen lassen müssen von so einem jungen Ding. Aber mit Zurückschnauzen hätte sie wahrscheinlich gleich das nächste Problem am Hals gehabt. Verboten. Was sollte sie nur machen? Die hatten jetzt garantiert ein Auge auf sie und ihren Traktor.

Heftig blies Resi den Rauch in die Luft. Dann lachte sie Hanne verschmitzt an. „Und is da Weg a no so schdeil, a bisserl wos gehd allaweil. Kennst du das Sprichwort? Ein Glück, dass die Sonne grad jetzt da ist und ich draußen sitzen und qualmen kann. Ich musste endlich einmal wieder unter Menschen. Und außerdem auch endlich mal wieder was Rechtes essen."

Sie zeigte auf den in der Zwischenzeit bestellten Topfenstrudel auf ihrem Teller. Früher hatte sie den selbst gebacken, aber nun schon lange nicht mehr. Sie kochte auch kaum noch. So für sich allein lohnte das doch nicht. Die Kinder lebten in ganz Bayern verstreut, einen Mann gab es nicht mehr. Der war allerdings auch nicht allzu oft daheim gewesen. Als Lastwagenfahrer war man halt auf der Straße zu Hause. War nicht einfach, immer so allein zu sein. Weder früher noch jetzt.

Konnte sie nicht hin und wieder mit den Nachbarn reden?

Ach herrje, die lieben Nachbarn. Resi stöhnte. Viele hatte sie auch nicht da oben, wo sie wohnte, und fast alle hatten nur ihr Eigenes im Kopf. Einer hatte ihr sogar ein Stück Grund wegnehmen wollen, kam mit alten Urkunden an und wäre mit denen beinahe noch vor Gericht gegangen. Und ihren Hund mochten auch nicht alle. Der bellte halt, wenn jemand auf den Hof kam, was aber doch für Wachhunde normal und richtig war. Nein, mit den Nachbarn konnte sie nicht besonders gut, vorneherum taten sie freundlich und hintenherum redeten sie schlecht über sie. Da war ihr fast schon der Johann lieber, der am liebsten gar nicht redete und recht grob werden konnte, wenn ihm was nicht passte. Das sagte er dann nur zu deutlich. Zu ihrem Glück war sie mit ihm noch nie wirklich aneinandergeraten. Die Maria hatte es auch nicht immer einfach mit ihm. Der fehlte sicher auch manchmal ein gutes Wort. Der Johann war schon immer etwas brummig gewesen, doch seit er vor ein paar Jahren seinen Sohn durch einen Autounfall verloren hatte, war er noch ungenießbarer geworden. Auch der Maria war es lange schlecht gegangen, doch die konnte wenigstens wieder ein klein wenig lächeln, bei der fuhr sie manchmal zum Ratschen vorbei, wenn sie ins Dorf kam.

Wie lange Hanne schon im Dorf lebe, wollte sie dann wissen, und ob es ihr da gefalle, doch kaum hatte Hanne geantwortet, redete Resi schon wieder weiter. Und redete und redete. Schließlich hatte sie für heute genug „geratscht" und „gequalmt", ihrem Rücken tat das lange Sitzen jetzt auch gar nicht mehr gut, sie zog das Portemonnaie aus der Jackentasche, eine Handtasche konnte sie wegen der Krücken nicht tragen, zahlte ihren Strudel und den Kaffee, stand ächzend auf, griff wieder in die Jackentasche, griff noch einmal hinein und ihr Gesicht nahm einen besorgten Ausdruck an.

Wo war der Autoschlüssel? Sie war sich sicher, ihn zum Portemonnaie gesteckt zu haben. Sie fühlte noch einmal nach. Nein, ein Loch hatte die Tasche aber auch nicht. Meiomei. Das war offensichtlich ein Fall für den Schlamperltoni. Der musste ihr jetzt aus der Patsche helfen.

Der Schlamperltoni? Von dem hatte Hanne ja noch nie gehört.

Ein flüchtiges Lächeln huschte über Resis Gesicht. So nannten sie hier den Hl. Antonius. Hoffentlich wusste der, wo der Schlüssel lag. Immerhin hatte sie ihm beim Kirchgang heute Morgen wieder einmal ein paar Cent zugesteckt.

Mühsam bückte sich Resi, um unter den Tisch zu schauen.

„Warte", sagte Hanne und sprang auf, schaute unter dem Tisch, unter Resis Stuhl, dann auf der ganzen Terrasse nach, gemeinsam gingen sie den Weg zum Auto und wieder zurück, doch sie fanden nichts.

Resi war ratlos. Er musste doch irgendwo hier sein. Aber wo?

„Toni, ich schwör`s dir, wenn ich den Schlüssel find, dann kriegst heut noch eine Extraportion in die Sammelbüchs."

Hanne ging noch einmal um den Tisch und dann, einem plötzlichen Impuls folgend, zog sie den Stuhl neben dem Stuhl, auf dem Resi gesessen hatte, unter dem Tischtuch hervor und Resi bekam runde Augen. Da lag der Schlüssel, musste herausgefallen und unhörbar aufs Stuhlpolster gefallen sein, als sie das Portemonnaie hervorzog.

Mit einem tiefen Seufzer der Erleichterung nahm Resi den Schlüssel an sich, bedankte sich bei Hanne und humpelte endgültig davon.

Etwas nachdenklich sah Hanne ihr nach. Wie im Rheinland gab es auch in Bayern solche und solche, und manche machten es sich selber schwer, andere lieber anderen, dabei wollten alle doch eigentlich nur glücklich sein.

Geburtstag

Heute hatte Hanne Geburtstag und war aus diesem Anlass von Peter zum Kaffee eingeladen worden. Wo? Das wollte er nicht verraten, hielt ihr nur lächelnd die Autotür auf. Hanne stieg ein und ab ging`s durch die Wiesen, die leeren Felder und die herbstlich eingefärbten Wälder. Dann schimmerte es tiefblau durch eine Gruppe weitgehend entlaubter Bäume und Hanne erkannte den Simssee.

„Wir sind da", sagte Peter nach einer Kurve fröhlich und stellte das Auto auf einem großen Parkplatz ab. Blitzschnell war er ausgestiegen und ums Auto herumgelaufen, um ihre Tür zu öffnen und ihr dann formvollendet die Hand zum Aussteigen zu reichen. Hanne protestierte. So alt war sie nun aber wirklich noch nicht.

Das mache er nur heute an ihrem Geburtstag und dann nie mehr, versicherte Peter. Sie glaubte ihm kein Wort, nahm aber die dargebotene Hand nicht ungern, und als er beim Gang über den Parkplatz auch noch den Arm um ihre Taille legte, da hatte sie rein gar nichts dagegen einzuwenden.

Gemächlich gingen sie auf ein großes Haus zu, auf den „Gocklwirt", wie es schon von weitem zu lesen war. Ein seltsamer Name.

Peter klärte sie gerne auf. Ursprünglich war das hier eine Geflügelzucht gewesen und als zusätzlich ein Restaurant- und Cafébetrieb entstand, hatte sich bald der heute noch bestehende Name eingebürgert. Aus einem kleinen Betrieb war mittlerweile ein großer geworden und dank der Sammelleidenschaft seines einstigen Besitzers hatte er etliche Attraktionen zu bieten.

„Schau nur", rief Peter begeistert und führte sie zu mehreren offenen Nebengebäuden, in denen eine Vielfalt an historischen Werkzeugen und Maschinen untergebracht war. Nicht nur uralte Fahrräder, Schlitten, Feldgeräte und Landmaschinen standen, hingen und lagen da, außerhalb der Gebäude waren sogar eine Lok und verschiedene Dampfmaschinen zu bewundern.

Im Gegensatz zu ihrem Begleiter interessierten die alten Dinger Hanne nur mäßig und sanft erinnerte sie ihn daran, dass heute doch sie von ihm zum Kaffee eingeladen war und nicht er von ihr zum Museumsbesuch. Peter sah es ein und führte sie in einen großen Biergarten mit vielen lauschigen Nischen und bald saßen sie einträchtig beisammen in der allerlauschigsten aller Nischen.

„Dass man im November noch draußen sitzen kann", wunderte sich Hanne. „Es ist ja warm wie im Frühling."

„Föhn", sagte Peter nur und Hanne staunte nicht schlecht, als ihr einfiel, dass sie bis zu diesem Moment weder Kopfweh noch sonstige Zipperlein gespürt und auch ihr Kreislauf bisher nicht einen Augenblick schlapp gemacht hatte.

„Weißt du", sagte Peter jetzt, „die größte Attraktion hier ist ja die Weltuhr, die größte Kunstuhr der Welt. Ein Riesending ist das, bestimmt fünf Meter breit, mindestens 25 Zentner schwer, mit 470 Rädern und Getrieben und 14 Zifferblättern, einige zeigen die Zeit in verschiedenen Ländern, andere Tag, Monat und Jahreszahl, und damit die Uhr nicht aus dem Takt kommt, ist sie bereits vorprogrammiert bis zum Jahr 10000."

Peters Augen glänzten. „Stell dir das vor. Bis 10000. Und auf dem immerwährenden Kalender geht die Zeit zwar vorwärts, der Sekundenzeiger aber läuft rückwärts, um auf diese Weise daran zu erinnern, dass unser Leben vom Augenblick der Geburt an mit jeder Sekunde kürzer wird."

Hanne seufzte leise. Das war jetzt genau der richtige Moment, um sie daran zu erinnern, dass auch dieser Geburtstag sie nicht jünger gemacht hatte.

Peter hatte ihren Stimmungsabschwung gar nicht bemerkt, fragte gerade die Kellnerin, wann die nächste Vorführung der Weltuhr stattfände, und auch seine Stimmung senkte sich merklich, als ihm mitgeteilt wurde, die einzige Vorführung des heutigen Tages sei soeben zu Ende gegangen, eine Information, die hinwiederum Hannes Stimmung erneut zum Aufschwung brachte, der sich noch weiter fortsetzte, als Kaffee und Kuchen gebracht wurden und man mit Peter endlich wieder völlig normal über völlig normale menschliche Dinge sprechen konnte.

Er hörte geduldig zu, als sie von der ätzenden neuen Kollegin in der Cafeteria sprach, die vor einem Jahr einmal ein paar Wochen ausgeholfen hatte und nun alles schon wusste und leider Gottes meist auch besser wusste. Die würde sie am liebsten auf den Mond schießen. Wen sie hingegen vermisste, das war ihre Nachbarin Sonja, die inzwischen tatsächlich nach Prien gezogen war, und ihr jetzt nicht mehr zufällig über den Weg lief. Jetzt mussten sie sich verabreden, wenn sie sich sehen wollten. Aber es gab Schlimmeres im Leben…"

Lachend und schwatzend saßen Hanne und Peter in ihrer Nische und genossen Frühling im Herbst, und erst als es deutlich kühler wurde, schaute Peter auf die Uhr und sprang auf. „Zahlen bitte!", rief er der Kellnerin zu und hatte es mit einem Mal sehr eilig. Was hatte er nur? War doch egal, wann sie nach Hause kamen.

Aber sie fuhren nicht nach Hause. Peter fuhr mit ihr nach Traunstein, um ihr auch diese Stadt zu zeigen und zur Feier des Tages dann auch noch mit ihr essen zu gehen. Was Hanne sehr nett fand von ihm.

Sie bummelten durch die Straßen, dann über den Stadtplatz, und gerade zu dieser Zeit gab es hier ein Freiluftkonzert, Blasmusik der besonderen Art. Staunend betrachtete Hanne die bestimmt an die vier Meter langen Instrumente, das eine Ende lag auf einer Bierbank, das andere auf der linken Schulter der Spieler.

„Alphörner. Die hab ich extra für dich bestellt", versicherte ihr Peter, doch wiederum glaubte sie ihm kein einziges Wort, wunderte sich stattdessen immer weiter, dass diesen Riesenhörnern richtige Melodien entlockt werden konnten. Unter Alphörnern hatte sie sich immer ellenlange Rohre vorgestellt, die nur einen einzigen tiefen, geradezu archaischen Ton von sich geben konnten und auch nur in den Bergen vor einsamen Almhütten zum Einsatz kamen.

Peter sah auf die Uhr und wieder begann er zu drängeln. Was hatte der Mann heute nur? Ganz unbedingt mussten sie jetzt sofort zur Stadtkirche gehen. Aber dann nicht hinein, nein, sie mussten davor stehenbleiben, was sie leider der nächsten musikalischen Darbietung aussetzte. „Meine Heimat ist das Meer, meine Sehnsucht sind die Sterne…", schmetterte der nicht mehr junge Straßenmusikant mit Inbrunst in die laue Dämmerung. Oh Gott. Wie schräg.

Hanne zupfte Peter am Ärmel und wollte weiter, doch Peter stand wie ein Fels in der Brandung. Fand der das Konzert etwa gut? „…dort, wo die Blumen blüh'n…", tönte es jetzt an Hannes Ohren und gerade, als sie beschlossen hatte, notfalls auch ohne Peter weiterzugehen oder wenigstens in die Kirche hinein, da sah sie ihn winken. Oh nein, er kannte wieder jemanden, hoffentlich vergaß er nicht, dass heute sie die Hauptperson war.

Aber wer kam denn da! Aber das waren doch Anne und Loisl! Was für ein Zufall, dass die beiden ausgerechnet jetzt auch in Traunstein waren. Oder war es gar kein Zufall?

Hanne schaute Peter an und sah seine Augen strahlen. Die Überraschung war ihm voll und ganz gelungen. Sie würden den Rest ihres Geburtstages alle gemeinsam verbringen und Hanne freute sich riesig, ihn mit den Menschen feiern zu können, die sie als erste im Dorf so liebevoll aufgenommen hatten. Obwohl sie eine „Zuagroasde" war.

„Wie es in den Wald hineinschallt, so schallt es auch wieder heraus", sagte Loisl, gab dann aber zu, dass es durchaus auch Einheimische gäbe, die könne man mit Freundlichkeit beschallen, soviel man wolle, die tauten einfach nicht auf. Aber das sei ja nicht nur in Bayern so.

„Was möchtest du an deinem Ehrentag gern essen?", wollte Peter nun wissen vom Geburtstagskind.

„Ois wuaschd", sagte Hanne.

„Was!?" Drei Köpfe flogen herum, drei Augenpaare wurden groß und rund, drei Münder fragten es gleichzeitig.

„Was hast du gesagt?", fragte Anne nach. Sie schien es wirklich nicht verstanden zu haben.

„Alles wurst, hab ich gesagt", antwortete Hanne und schaute etwas verlegen drein. Dafür hatte sie jetzt tagelang geübt. Irgendwann musste sie doch mal anfangen, bairisch zu sprechen.

„Lass gut sein", lächelte Anne sie liebevoll an. „Wir verstehen dich auch so."

„Und überhaupt mag ich deinen rheinischen Tonfall sehr gern", tröstete Peter. „Der erinnert mich immer an meine Tante, die lebt in Köln, im Severinsviertel, ich war in den Sommerferien oft bei ihr zu Besuch. Das ist eine ganz liebe Tante. Und nun, was würdest du gern essen heute Abend?"

„Sollten wir nicht erst einmal in die Kirche gehen?" Was!? Wieder flogen drei Köpfe herum. Diesmal waren die erstaunten Augen auf Loisl gerichtet.

„Was willst du denn jetzt da drin? Du warst doch am Sonntag schon." Noch nie war Loisl mehr als nötig in die Kirche gegangen.

„Wir sollten dem Herrgott danken, dass er dies Madl hier zu uns nach Bayern hat ziehen lassen, ein Privileg, dass dem weitaus größeren Teil der Menschheit bisher versagt geblieben ist." Sagte Loisl und lächelte Hanne derart herzschmelzend an, dass sie wieder einmal Tränen in die Augen bekam.

Und dann kam Anne her und nahm sie fest in den Arm. Und dann nahm Peter sie fest bei der Hand und fragte sie zum letzten Mal, was sie denn essen wolle, und da sagte sie, das sei ihr immer noch wurst, Hauptsache, es sei keine Wurst, aber Vegetarisches wie Salat gebe es ja überall. Was sie jetzt allerdings ganz unbedingt und ganz bald bräuchte, das sei ein Glas Sekt.

Was? Alkohol? Hanne und Alkohol?

Ja. Oder sollten sie etwa mit Bier anstoßen?

Ja, fand Loisl und lachend machten sie sich auf den Weg.

.

Christkindlmarkt

Eine knappe halbe Stunde dauerte die Fahrt, dann war Hanne im Zielort angekommen und schlug sofort den Weg zum Christkindlmarkt ein. Auch ohne Ortskenntnisse war er kaum zu verfehlen, Stimmengewirr und Kinderrufe wiesen ihr den Weg.

Doch genau dieser Weg wurde plötzlich versperrt durch eine lange Reihe von Herren in Uniform. Alle hielten sich etwas vor die Brust, was für Hanne auf Anhieb nicht zu erkennen war. Noch während sie zu ergründen suchte, was die Männer da hielten, trat ein weiterer Herr in Uniform vor die in Reih und Glied stehenden Kollegen, zackige Kommandos ertönten, und dann, oh Schreck, knallte es aus Pistolen rein zum Davonlaufen. Anschließend roch es schwer nach Knallplättchen, so wie früher Karneval, wenn die Straßen in Köln voll waren mit kleinen und großen Piraten und Räubern.

Kaum waren die Schüsse verhallt, begannen die Glocken zu läuten, und als sie fertig waren, war der Herr Bürgermeister dran. Er bedauerte sehr, dass es „heuer" keinen Schnee gab wie letztes Jahr, als genau zum Beginn des Christkindlmarktes die ersten Flocken gefallen waren, bedankte sich dann bei den zahlreichen Mitwirkenden, wies mit blumigen Worten darauf hin, dass der Advent, die „stade Zeit", auch eine Zeit der Vorbereitung und der Besinnung sei, und überließ nach dem verdienten Applaus den Bläsern die Bühne.

Eine Weile hörte Hanne ihnen zu, doch warm wurde ihr beim Herumstehen bei höchstens einem Grad Lufttemperatur nicht, und so setzte sie sich in Gang Richtung Buden, wurde jedoch an der ersten bereits aufgehalten durch einen feinen, appetitanheizenden Geruch von etwas, was Langosch hieß und aussah wie ein Teller. Schon hatte Hanne sich eingereiht in die Schlange der Hungrigen, die auch relativ zügig voranrückte, bis es direkt vor ihr eine Stockung gab. Zwei alte Damen mit Rollatoren erwiesen sich als nicht nur schwersthörig, sondern leider Gottes auch entscheidungsschwach. Wollten sie mit Puderzucker oder mit saurer Sahne und Käse? Wenn sie das mal bloß wüssten.

Schließlich hatten die beiden alten Damen doch eine Entscheidung gefällt und Hanne war dran. Sie wollte mit Puderzucker und erfuhr auf Nachfrage, dass Langosch ein in viel Fett ausgebackener Hefeteig und eine beliebte ungarische Spezialität war. Sie bekam ihren „Teller" auf einer weißen Serviette überreicht, stellte sich an einen der Stehtische vor der Bude, biss herzhaft hinein ins heiße Rund und war eine Weile sehr beschäftigt. Beißen. Kauen. Schlucken. Und nach jedem zweiten oder dritten Bissen den Puderzucker vom dunkelbraunen Mantel wischen. Das nach einer Weile dann aber doch wieder lassen, weil vorerst sinnlos.

Schließlich war der oder das Langosch vertilgt, musste das gesamte weiße Geriesel von der Brust heruntergeklopft und die entstandenen Wischspuren mit Spucke und Taschentuch notdürftig entfernt werden, damit endlich der Bummel an den Buden entlang gestartet werden konnte. Servietten, Kerzen, Seifen, Schmuck, Karten, Puschen, Hüte, Mützen, Handschuhe Holzarbeiten, Keramiktöpfe, Laternen, Weihnachtsschmuck. Natürlich gab es auch viele Buden mit Leckereien. Da lockten Schokofrüchte, Riesenküsse, Zuckerwatte, Christstollen, gebrannte Mandeln und Kletzenbrot. Für den kleinen Hunger sofort gab es Maronen, Crèpes, Speckbrot, heiße Maiskolben, chinesische Nudelpfanne und natürlich auch Bosna, die zwischen zwei Weißbrotscheiben geklemmte, stark gewürzte Bratwurst mit Zwiebeln und Senf, die in Österreich und in der Traunsteiner Gegend, wie sie wusste, vor allem aber von Loisl gern gegessen wurde. Auch für Getränke war gut gesorgt. Kaffee, Kakao, Glühwein, Eierpunsch, heißer Most und Erdbeerbowle.

Beim Stand des Lions Club wurde Hanne erneut angehalten. Ein Herr mit blauer Schürze wollte sie unbedingt verleiten zu einer Probe der absolut köstlichen „rechtsgedrehten" Kartoffelspiralen mit selbstgemachter und natürlich genauso köstlicher „linksgedrehter" Joghurtsoße.

Interessiert schaute sie zu, wie die Kartoffeln mit einem kleinen Maschinchen per Hand in feine, dünne Locken verwandelt wurden, um anschließend in heißem Fett brutzeln zu müssen.

„Probieren Sie doch mal", drängte der Herr erneut und um ihn nicht gänzlich zu enttäuschen, nahm sie eine Spirale mit einem Hauch Soße entgegen, setzte dann ihren Gang über den Markt fort und stieß auf ein ganz und gar nostalgisches Karussell mit bunten Holzfiguren auf einer Drehscheibe. Gerade zog der Schwan vorbei, drin ein glücklich lächelndes kleines Mädchen.

Hanne blieb stehen, betrachtete eine Weile die an den Seitenwänden des Karussells aufgemalten Bilder von Kaiserin Sissy und König Ludwig II., und Erinnerungen an eigene Karussellfahrten stiegen auf. Dieses kleine, so harmlos aussehende Drehbänkchen zwischen den Tierfiguren hatten sie als Kinder das

„Kotzkarussellchen" genannt. Mindestens einem von ihnen war darauf regelmäßig schlecht geworden. Wie lang das alles jetzt schon her war.

Um sie herum entstand Bewegung, schnell bildete sich eine Gasse, und hindurch schritt, mit weißem, lockigem Rauschebart und huldvoll Gummibärchen verteilend, St. Nikolaus. Mit schwarzem Gesicht, schwarzer Pelzmütze und zwei reizenden, kleinen Hörnern auf dem Kopf stiefelte Knecht Ruprecht, hier Krampus genannt, hinter dem heiligen Mann her und schwang immer wieder spielerisch die Rute. Sie ernsthaft einzusetzen war nicht nötig, Groß und Klein wich auch so ehrfurchtsvoll zur Seite. Der heilige Mann wandelte würdevoll über den gesamten Markt, hatte sich im Himmel sichtlich ein Bäuchlein angefuttert, das jetzt sein weißes Wams unter dem offenen roten Mantel bauschte.

Foto bitte. Zwei junge Mädchen stellten sich rechts und links neben St. Nikolaus in Positur und strahlten in die Kamera, die die Dritte im Bunde in der Hand hielt. Der Heilige ließ es milde lächelnd geschehen, klingelte sich dann mit einem goldenen Glöckchen den immer öfter von schwatzenden Erwachsenen zugestellten Weg frei, statt der Gummibärchen nun Schoko-Lollis verteilend.

Hanne hatte noch nie von einem Nikolaus etwas Süßes bekommen. Ob sie ihn einmal fragen sollte? Blödsinn. Sie war erwachsen.

Sie wollte ihren Gang fortsetzen, doch die Beine wollten nicht gehen. Gut, da blieb sie eben weiter stehen und betrachtete gerührt die emporgewandten Kindergesichter mit dem großen Staunen und der leisen Angst im Blick.

He, was sollte denn das jetzt! Da haute ihr dieser Krampus doch glatt den Reisigbesen, nein, nicht um die Ohren, aber auf die Schulter. Sie hatte doch gar nichts gemacht. Wütend funkelte sie den schwarzen Gesellen an, doch der grinste nur. Aber der heilige Nikolaus hatte alles gesehen, winkte sie mit der weiß behandschuhten Hand heran und dann, oh Wunder, überreichte er ihr, weiterhin freundlich lächelnd, den Lolli, den seine Hand gerade hielt.

Hanne schluckte, dann steckte sie den Lolli in ihre Manteltasche. Da musste sie also mehr als fünfzig Jahre alt werden, um endlich auch einmal etwas geschenkt zu bekommen von einem Nikolaus. Aber ohne den Krampus wäre das auch diesmal nichts geworden. Eigentlich müsste sie ihm dankbar sein. Wo steckte er nur? Sie drehte sich nach ihm um und was machte der freche Kerl? Er streckte ihr die Zunge raus und sprang dann schleunigst, Grimassen schneidend, hinter seinem Herrn drein.

Hanne sah ihm lachend nach, zog den Lolli wieder aus der Tasche und biss vorsichtig ein Stück ab. War das köstlich. Versonnen stand sie da und ließ jeden Bissen sich in etwas Weiches, schließlich Flüssiges auflösen, ehe sie ihn hinunterschluckte. Hm.

Der Platz zwischen den Buden war inzwischen gerammelt voll, überall standen Gruppen herum, unterhielten sich, lachten, winkten einander zu, aßen und tranken. Gleich neben Hanne standen mehrere Familien beisammen, doch sichtlich hatten nicht alle den gleichen Spaß am Zusammensein. Protestierend drehte und wand sich ein Winzling auf dem Arm des Vaters, malte dabei mit seinem fest umklammerten Schoko-Lolli dunkle Muster auf den hellen Anorak eines an des Kindes Unglück völlig unschuldigen, aber zufällig in der Nähe stehenden Mannes, der zu seinem Glück jedoch nichts bemerkte von der Bescherung, sich daher auch weiterhin unbeschwert unterhalten konnte.

Ja, was war denn das! Etwas reinweißes Hauchzartes lag auf dem Mantel. Da kam schon das nächste weiße Hauchzarte angesegelt. Hanne schaute hoch. Viele dünne weiße Flocken segelten durch die Luft, wurden dicker und duftiger, und dann begann es, richtig zu schneien. Wie wundervoll.

Und überhaupt sah es jetzt überall ganz wundervoll aus. Hanne hatte gar nicht darauf geachtet, doch längst hatte die Dämmerung eingesetzt, waren die Laternen angegangen, auch die Lichter an den Buden, und nun lag ein goldener Schein über dem Christkindlmarkt.

„Kling Glöckchen klingelingeling" erklang es von der Bühne her. Ein Kinderchor sang sich in die

Herzen der Eltern und Großeltern, die gekommen waren, um ihre lieben Kleinen singen zu hören.

Hanne wischte die vorwitzige Träne fort, die in einem ihrer Augenwinkel saß. Auch ihre Kinder hatten einmal auf einer solchen Bühne gestanden und sie als stolze Mutter davor.

Ein Lächeln zog über Hannes Gesicht. Ihre lieben Jungs. Ostern beim Vater, aber Weihnachten bei Muttern, hatten sie ihr ihren gemeinsamen Beschluss kundgetan, und so würde sie Weihnachten also nicht allein sein. Was sie aber sowieso nicht ganz und gar gewesen wäre. Sie konnte nur hoffen, dass es die Söhne nicht zu sehr erschüttern würde, am zweiten Feiertag jemanden vorgestellt zu bekommen, von dessen Vorhandensein sie bislang noch keinen blassen Schimmer hatten.

Immer weiter lächelnd schaute Hanne in den leise rieselnden Schnee und nahm die nunmehr geradezu märchenhafte Umgebung mit allen Sinnen wahr. Weihnachten in Bayern. Es würden frohe werden, da war sie sich ganz sicher.

Bibliografische Information der Deutschen Nationalbibliothek:
Die Deutsche Nationalbibliothek verzeichnet diese Publikation
in der Deutschen Nationalbiografie; detaillierte bibliografische
Daten sind im Internet über http://dnb.d-nb.de abrufbar.

Covergestaltung: Gudrun Kohout, Prien

©2015 Elisabeth Ippen
Herstellung und Verlag: BoD – Books on Demand
Norderstedt
ISBN 9783738625400